纸上游天下·中国当代游记精选
主编:高长梅 张佶

FENG JING LIU DONG DE DAN QING

风景：流动的丹青

万俊华 著

九州出版社 JIUZHOUPRESS 全国百佳图书出版单位

图书在版编目（CIP）数据

风景：流动的丹青 / 万俊华著. -- 北京：九州出版社，
2013.9（2021.7 重印）

（纸上游天下：中国当代游记精选 / 高长梅，张佶主编）

ISBN 978-7-5108-2354-1

Ⅰ．①风… Ⅱ．①万… Ⅲ．①游记 - 作品集 - 中国 - 当
代 Ⅳ．①I267.4

中国版本图书馆CIP数据核字（2013）第227812号

风景：流动的丹青

作　　者	万俊华　著	
出版发行	九州出版社	
地　　址	北京市西城区阜外大街甲35号（100037）	
发行电话	（010）68992190/3/5/6	
网　　址	www.jiuzhoupress.com	
电子信箱	jiuzhou@jiuzhoupress.com	
印　　刷	北京一鑫印务有限责任公司	
开　　本	710 毫米×1000 毫米　16 开	
印　　张	8.5	
字　　数	115 千字	
版　　次	2014 年 1 月第 1 版	
印　　次	2021 年 7 月第 6 次印刷	
书　　号	ISBN 978-7-5108-2354-1	
定　　价	36.00 元	

前言

　　仁者乐山,智者乐水。所以古今中外,无论贤人圣哲,还是白丁草民,他们在观山赏水的时候,无不从山水之中或感悟人世人生,或慨叹世事世情,或评点宇宙洪荒,于寄情山水中,抒发自己的惬意或伤感。有的徜徉于山水美景,陶醉痴迷,完全融入大自然忘记了自己;有的驻足于山川佳胜,由物及人,感叹人世间的美好或艰难。

　　一篇好的游记,不仅仅是作者对他所观的大自然的描述,那一座山,那一条河,那一棵树,那一轮月,那一潭水,那静如处子的昆虫或疾飞的小鸟,那闪电,那雷鸣,那狂风,那细雨等,无不打上作者情感或人生的烙印。或以物喜,或以物悲,见物思人,由景及人,他们都向我们传递了他们自己的思想情感。

　　一篇好的游记,它就是一帧精巧别致的山水小品,就是一幅流光溢彩的山水国画,就是一部气势恢宏的山水电影。作者笔下关于山水的一道道光,一块块色,一种种造型,一种种声音,无论美轮美奂,还是质朴稚拙,无论清新美妙,还是苍凉雄健,都让我们与作品产生强烈的共鸣,让我们在阅读中与自然亲密接触,于倾听自然中激起我们的思想波涛,与作者笔下的自然也融为一体。

这是一套重点为中小学生编选的游记,似乎也是我国第一套为中小学生编选的较大规模的游记丛书。我们希望这套游记能弥补中小学生较少有时间和机会亲近大自然的缺憾,通过阅读这套游记,满足自己畅游中国和世界人文或自然美景的愿望。

目录
CONTENTS

花海神游　第一辑

第二辑 田园垂钓

目录 CONTENTS

目录

CONTENTS

西部览胜　第三辑

花海神游

>>> 第一辑

花海神游

　　早就听说江西省林科院内有个美轮美奂的山茶花园。百闻不如一见，阳春三月，正是踏青旅游的美好时节，相约几位朋友，前来山茶花园把玩赏景。

　　未入茶花园，先闻樟树香。一条宽阔路面，两边耸立着整齐划一的参天香樟树。行走在这绿荫蔽日的香樟树下，犹如走进了庐山仙境一般。那风吹树叶沙沙响，日下清凉身心爽的怡人感觉，让人心醉。

　　裹着樟树清香，我们跨进茶花园，果然是春风拂面，万紫千红，人潮如织，鸟语花香。据了解，江西省林科院的山茶树，属种质基因库山茶园，是国内现有保存种质数量最多、规模最大的四大山茶属种质基因库之一。该园占地百亩，是江西省最大、全国第二大的山茶基因库，有近四百个茶花品种，这里不仅种植了国内各色品种茶花，还有来自欧美地区和亚洲其他国家的茶花品种，其中不乏黑魔法、复色卡莱顿、美国大红、花仙子、孔雀椿等珍稀名贵品种，具有极大的观赏性和艺术价值。

　　这里的山茶花因其植株形姿优美，叶浓绿而光泽，花形艳丽缤纷，而受到全世界园艺界的珍视。我们看到，百朵花在一棵树上同一时间开放，艳丽无比。这些花儿各自的姿态花色一样却又不一样，或大或小，或红或白，因为花比叶多，远看叶倒像花，零星点缀其间。林子很密，茶树上竞相开放着各色花朵，令人目不暇接。茶花的颜色真是多彩，光是红色就有许许多多的变化，深红、桃红、粉红、酒红……简直无法用语言来一一描述。一树多色、一花多色的绮丽奇特景象在这里随处可见。此情此景，不由我想起有位诗人所写的诗句来——

> 每到春来丽日和，
> 赏花兴趣久成魔。
> 山茶许我称知己，
> 我为山茶谱赞歌。

如诗人笔下所言，年年春来，风和日丽，欣赏山茶花的兴趣已使我像着了魔一般。所以这样，是因为山茶花已经准许我做它的知心朋友了，我也该为山茶花歌颂一番。

花满枝头的茶树多姿多彩，真是让人百看不厌。望着这么一眼看不到尽头的绚丽多姿的茶花，大家都陶醉了。于是，纷纷寻找自己最喜爱的几枝茶花，站在自己最喜欢的位置，忙叫同伴拍照留影。

拍照的时候，一位朋友不由想起宋代陆游所赋《山茶》诗句，脱口而出——

> 东园三月雨兼风，
> 桃李飘零扫地空。
> 唯有山茶偏耐久，
> 绿丛又放数枝红。

这时，另一位朋友也随即朗诵起一位诗人赞美山茶花的诗句来——

山茶花开了，你万紫千红，五彩缤纷，迸发出你闪光的结晶；

第一辑
花海神游

白的,是你贞洁的心灵;

粉的,是你甜蜜的笑脸;

黄的,是你憧憬金色的梦幻;

红的,是你那爱的真挚炽情;

紫的,是你报以大地的恩育之心;

花的,是你追求美好生活的色彩。

"人人都道牡丹好,我道牡丹不及茶。"是呀,山茶花,你从不与牡丹媲美,亦不与菊花斗妍,你又不与桃李夺芳……然而,你开得是那样纯真,充实,开的是那样艳丽,持久,开的是那样花团锦簇、姹紫嫣红、满园春色,让人久久不能忘怀……

林中茶花开,鸟儿闹起来。许多不知名的鸟儿不时地在茶花上跳动着,它们时而伸展着脖子,偏着头,似乎也在听着春风的絮说。几只蝴蝶,跳跳跃跃,忽忽悠悠,飞进茶花林,忽而在茶花左、茶花右、茶花上、茶花下疯癫起来。莫非茶花中千树并茂,万花争艳的景色,也感动了自然界灵动的小精灵吗?

园中红满天,客从四方来。山茶花呀,山茶花,你以十倍的信心,迎来阳光灿烂的春天;你以数以万计的花蕾,孕育着丰收的喜讯。此刻,经过你数个小时洗礼的我,脑海中不由闪现出两行诗句来:茶花仙子倾情媚,国色天香醉芳菲。

转完茶花园,我们游到茶园北侧,这里别有一片天地。这是一片波光粼粼的水面湖泊。鱼儿泛绿波,鸟儿水上飞。最让人感到心旷神怡的,是那围绕着水面湖泊四周种下的一排排千姿百态的樱花树,它们那白雪一般的花儿,就像一片片白色的围帘,将整个湖泊装饰得宛如让人们走进了人间天堂一般。

樱花开的十分绚烂,满树皆白,灿若云霞。树下,落英缤纷,如雪铺地,虽不如武汉大学的樱花那般繁盛,却也让人意趣盎然。尤其还有那红色一片的湖心之岛——桃花岛,一束束怒放的桃花,争奇斗艳,春光无限,更是叫人流连忘返。

进入此等境地,好似来到了杭州西湖。是的,这里不是西湖,却胜似西湖。只见人们纷纷掏出相机,赶快"咔嚓",都想在这儿留下人生的一个个美好瞬间。

转过这片湖泊,曲径通幽,我们又来到了一大片竹林地带。一片细细密密的竹林,阳光爬上竹子尖细的顶梢,金晃晃的,宛若根根直立的长矛;阵风过处,竹子微微摇曳,倾斜、晃动着,然后又相互拉扯着,直立起腰杆,欢乐而有趣。

一望无际的竹林,青翠欲滴,在春风吹拂中,摇头摆尾,搔首弄姿。那一束束竹枝,总是伸出撩人的手来,给人们以好似那动情的怀春少女之感。没错,竹子高而浓密,轻微而细密,似轻轻少女诉说着心中的爱意,甜润而柔美,动听而亲耳。

春风吹在竹叶儿之上,叶儿婆娑,稀疏有序,节奏分明。在竹林中,还可感受到一种恬静的幸福,你的思绪可随着婆娑的叶子,平缓地,随声而思。可追溯着久远的往事,回味着相拥的幸福,畅想着未来的美好。

竹林是活跃、鲜活而嫩绿的。小鸟们在竹林中飞来窜去,跳跃歌唱,抖落一夜的梦,唱醒一天的思绪。林中的小草儿们也舒展着腰际,似从睡梦中醒来。又是一个供游人观赏、品味、休闲的好去处。徜徉其间,竹不醉人人自醉,大家都不忍离去。

越过一片"青少年素质培训基地",远远地就听到了天鹅们那悦耳动听的声音。眼前一片白帆点点似的天鹅湖泊映入眼帘。原来,这是一片人工养育天鹅基地。一片宽敞的大面积湖泊,在四周和湖面高高的天空中,用渔网围起了一个世界。湖泊中成群结队的洁白大天鹅,有的在栖息地休息,有的在岸边行走,有的在追逐嬉水,也有更多的白天鹅,或在网中

的天空里凌空翱翔,或翩翩起舞,或引吭高歌……

不知不觉中,夕阳西下,而这霞光中的茶花园,却别有一番风韵,更显现其红装素裹惹人爱怜的花丽容颜。

一趟茶花园之行,不仅让我们充分享受到了人世间的无限风光,更让我们领略到了大自然的美妙和神奇。

夜色迷离的山村

听说这几年柳树湾村成了省城的"后花园",一位曾是柳树湾村党支部书记同志华林中学同学的省报记者,便主动与主编请缨,前去采访。于是,人们便从省报上读到了这篇故地重游的文字《梦中的柳树湾》——

那天傍晚,我一到达柳树湾村,就像发现"新大陆"一样,对村里这么大的变化惊叹不已。你看,那原来坑坑洼洼的泥泞小路,已为宽大的水泥公路所取代。公路右边由花边彩石铺就的人行道旁,耸立着一排排整齐划一、比两人还高许多的香樟树。公路左边,是一片碧波荡漾的柳树湾湖,那是同学家乡的母亲湖,村名由此而来。湖边的人行道,早已让那一束束婀娜多姿的垂柳所掩映。

沿湖边上,村里过去的旧茅屋不见了。离湖不远处,耸立着一幢幢高大整洁的农民公寓。经人指点,我终于找到了一幢一楼是用老同学名字命名的"华林超市"且有一个十米长方形花圃的白色三层楼房。

当太阳的余晖把乡村的黄昏带走的时候,路旁那五颜六色的霓虹灯,好似又把白天送回了乡村。

　　过去的晚上,村民们总是在打麻将和扑克牌的吆喝声中度过的。我想,今晚又少不了与老同学有一场"大战"了。

　　我们出去走走吧。晚饭过后,想不到老同学竟然邀请我这个客人去公路上逛逛。

　　同学的父亲、母亲、爱人和女儿也跟在我们后面一起来了。同学家人过去那一个个面黄肌瘦愁苦的样子,全换成了一幅幅红光满面、喜上眉梢的形象。像他们这样一家集体散步的人家,后来陆陆续续还走过好几拨呢,真想不到,村民们还这么有闲情逸致。

　　以前我们这儿没有开发时,那个穷苦,你是知道的。可越穷越苦,大家伙越喜欢玩麻将、打扑克牌混日子。老同学华林边说边用左手指了一下前面那一幢幢花园式的高楼大厦:如今我们建起了工业园区。通过招商引资,兴起了一方经济。

　　华林接着说:工业带动了市场,人流、物流量大了。我们在抓好农业生产的同时,不失时机地大力发展第三产业,兴建休闲农庄、特色果园等旅游业。这不,短短这几年,家家盖起了新楼房,过半人家还买回了汽车呢。

　　嗬,来这儿散步的人还真不少呢。前边刚送过去一群欢声笑语的大婶们,这会儿又来了几位叽叽喳喳的大嫂们。在这散步大军中,既有小孩子们边走边玩耍的情景,也有夫妻同行、你追我赶的场面,好不热闹。

　　校长呀,你健步如飞的,嫂子在后面小跑都追赶不上你呢。老同学与一对胖夫妻开起了一个小小的玩笑,你是不是想把嫂子甩掉呀?

　　一身短衫全让汗水浸透了的男子回头对我们笑了笑,又马不停蹄地继续前行。

　　满脸汗珠的校长夫人赶忙过来接话了:我和你大哥都有三高(高血压、高血脂、高血糖)。你看,都胖成这个样子了,再不锻炼行吗?

　　该往回走了。带着香樟树所散发出来的特有香味,我们折过公路,又钻进了对面那垂柳掩映的湖边人行道。

　　夜幕中的湖水波光粼粼,景色诱人,堆满笑脸的月亮浮在湖面上显得格外亲切。走在这如画一般的湖光垂柳之中,犹如步入人间仙境。

　　由于经济发展了,生活条件好了,各种富贵病也跟着来了。老同学说,所以,大家更加关心起自己的身体来了。

　　于是,每天晚上,都会有乡亲们自发地来到这条路上逛逛。大家既锻炼了身体,又相会了朋友,更享受了这乡村独有的夜色,有时还可以边走边讨论有关工作和家庭的事,一举多得呀。我接过话茬,无限感慨地说:想不到乡亲们的休闲生活,竟然会有这么前卫。真是今非昔比呀。

　　撩人的柳枝,总是把手伸了出来,不停地将我们乃至藏在这湖边柳下谈情说爱的一对对恋人们的身体,抚摸个透。路边湖畔音乐喷泉时不时冲向天穹,音乐喷泉四周到处都散落着成双成对跳舞的男女村民。置身十月乡村清凉秋夜这么美妙的画卷之中,让人流连忘返,叫人产生幻觉:是呀,此景只有天堂有,何故乡村亦依然?

　　哦,对了,老同学把我从沉思中唤了回来:明天我带你去我们柳树湾休闲农庄去看看。

　　那儿有什么好玩的吗? 我马上接了一句。其实,那儿才是我此次前来采访的主要动因之一。

　　有呀,老同学开始津津有味地介绍起来:楼台亭阁,湖心垂钓;绿树成荫,瓜果飘香;游玩项目应有尽有。哦,对了,还留有一片硕大的葡萄园区,再晚了可就没有了。让你边玩边采摘,玩尽兴,吃个饱。

　　嗬,还有这么一个休闲的好地方,那我一定要去玩个痛快。

　　哦,对了,明天石明也要来村里。老同学说:你与石明多年没见吧? 明天我们好好聚聚。

　　他怎么会突然想到到你这儿来玩呢? 我好奇地说:看来我是来的早

不如来得巧呀,当年的三兄弟如今又要大闹柳树湾了。

你还不知道呀,他如今已是我村的荣誉村民了。老同学说:我们这个村有这么大的变化,他功不可没呀。石明这次来,主要是与我们商量一下下一个合作项目的开发情况。

于是,老同学又把石明退居二线后当了总经理,如何经营柳树湾的故事津津有味地向我复述了一遍。

退居二线的石明,不甘就此消沉,决心从头再来,重创新业。经过几年打拼,成了总经理。

有了一定的经济基础以后,一个既造福当地村民又能获得可观经济效益的绿色计划,在他脑海中形成,那就是大力开发旅游观光休闲农庄。

地处偏僻的柳树湾村是石明中学同学华林的家乡,也是他中学时代常去玩耍的地方。经过再三考察,他看中了这片有水有林、风景秀丽的风水宝地。

石明把自己的想法与正在村里当书记的华林一说,华林求之不得,借力发展,借鸡生蛋,有这么好的事,何乐而不为? 于是,他们一拍即合。

他们将村庄划分为三个片区,即工业园区、农民公寓和休闲农庄。

若要富,先修路。首先,他们投资兴建了一条由村庄直达省城的景观大道;接着,在村东投资兴建了一片工业园区厂房,招商引资,筑巢引凤;然后,我们便着手在村西老村庄中,建起了一片占地三百多亩颇具规模的融旅游观光娱乐为一体的柳树湾休闲农庄。

休闲农庄刚刚建成后,由于是省城独一家,一下子便吸引了大批城镇人士前来观光休闲。也由于这里确实玩乐尽兴,风景迷人,因而一时成为远近闻名的省城"后花园"。

由于人流的涌动,又带动了村里餐饮等第三产业的蓬勃发展。

不出几年,富裕起来了的村民,便在村里早已规划好了的村中地带,建起了一栋栋三层楼房的农村公寓。

第一辑 花海神游

哦,原来是这么回事。难怪我前不久外出采访到了石明那个地区,专程到他那个局去却没碰到他,原来他这小子是钻到这天然氧吧来了。

原来如此。我终于明白了这个"后花园"是怎么打造出来的。我要好好采访一下石明这小子,为什么老了老了,却还能干出一番这么大的事业来?

书记呀,明天县里要来人到我们村检查精神文明建设工作,你看如何安排呀? 一位老伯找到老同学,打断了我们的谈话,谈起了村里的工作。

行呀,老同学如数家珍般说:村务公开栏、法制宣传栏、村民健身房、老年活动中心、图书室、小康示范自然村……这不都是现成的吗?

借着闪烁的灯光映照,我们看到,夜幕中的柳树湾湖水波光粼粼,景色诱人,柳树湾湖上耸立着一座新建成的雄伟壮观的高架桥,湖心有一轮明月浮在湖面,湖边有荷花朵朵,尤其是在那湖边上一排排绿树成荫的树群之中,还隐隐约约地藏有不少楼台亭阁。

哦,原来我们已经来到了城东花园——柳树湾湿地公园。尽管现在是晚上,但在这儿休闲的村民三五成群,络绎不绝。看到眼前这犹如一颗镶嵌在城东的璀璨的夜明珠,我陶醉了。

举目眺望,朦胧中,我似乎已经看到,这风光秀美、景色旖旎的柳树湾湖及其湖畔的柳树湾村就像一个巨大的发光体,把整个城东照耀得格外绚丽多姿,光彩敞亮。

走近村口路边草坪休闲广场,我们看到今晚最为热闹的一幕:村里一群群男女老少,将几位忘情拉二胡的大叔、老伯和几位身着各种花色格子衬衫唱歌的大姑娘、大嫂们,围起了一层又一层大圈。一阵阵清风吹过,将二胡独奏那优美的旋律并伴有甜美的女高音,吹了过来:明天又是好日子,赶上了盛世咱享太平……

朦胧中,我仿佛看到,那位有点秃顶,最为忘情地拉着二胡的大叔,不就是石明吗?

是他，真是他。他怎么提前来了呢？老同学华林也说：走，我们找他去……

漫步 "文化长廊"

虽然家住南昌城郊，却因种种原因，很少光顾红谷滩。但红谷滩日渐鹊起的名气，却不能不让我择日前往。那一日，相约几位好友，在清晨的阳光下，我们走进了红谷滩这方神奇的土地，终于得以在红谷滩心脏地带畅游。

嗬，那高入云端的中航国际广场、摩天轮，还有那鳞次栉比的大厦楼群，让我们分明看到了现代都市风采；那水草茫茫、林木葱葱、野花点点、芦苇青青的渔舟湾，又让我们见识了一个生态城区的迷人风景；还有那恢宏大气的南昌国际展览中心、中央绿地广场，一个国际化大都市形象呼之欲出。

秋水广场地处红谷滩新区赣江之滨，紧邻行政中心广场，与滕王阁隔江相望，再现了千古名篇《滕王阁序》中的"落霞与孤鹜齐飞，秋水共长天一色"的意境——秋水广场正是由此而得名。广场总体平面为月牙形，依江而立，是一座以喷泉为主题，集旅游、购物、观光为一体的大型休闲广场。秋水广场南面是内容悠远丰富的"赣文化长廊"。喷泉随着音乐起舞，宾客随绿荫畅游。置身其间，仿佛走进了人间天堂。

沿着赣江西岸而上，在那一束束花草丛中，耸立着一排排神态各异

的名人雕像。原来这是红谷滩新区赣文化长廊。她就像镶嵌在赣江边上的一条玉带,把人们的思绪带入了江西煌煌千年的文化。这条沿江长廊长有三千米,共分为开篇、先哲崇光、青铜时代、文学巨人、艺术巅峰、傩广场、大道清风等十个景点。那大型的石雕、铜雕、楼台亭阁、景观花坛、景观眺台以及喷泉瀑布等景物,将我们带入到一个梦幻般的世界。

我如饥似渴地瞻仰起历代文化祖先,只怕漏掉一位名家。赣文化长廊以雕塑、浮雕、石刻、壁画、小巧园林与建筑等多种多样的形式,将我们立即引入到数千年源远流长、丰富多彩的赣文化时空隧道。晋代田园诗人陶渊明,唐宋八大家中的王安石、欧阳修、曾巩,宋代著名诗人杨万里、黄庭坚,儒家理学先贤朱熹、周敦颐、陆九渊、王阳明,民族英雄文天祥,古代杰出科学家宋应星,哲学家李觏,写意派国画大师朱耷(八大山人),山水画鼻祖谢灵运,戏剧大师汤显祖,古音韵学家江永,以及佛、道等宗教界的大师鉴真、张道陵、许逊等,这数不尽的许许多多名家,让我目不暇接,心潮涌动。徜徉其间,宛如与古人同游。品味这些历史,就像喝了珍藏千载的美酒,我别无选择地陶醉了。

一路欣赏过来,让我们深切地领悟到了赣文化的博大精深和厚重。陶渊明开创了中国田园诗新天地;欧阳修领军古文革新运动;王安石率先倡导道德性命之学;黄庭坚的"脱胎换骨、点石成金"之诗风;杨万里文采活脱之特色;汤显祖的戏剧更是建立元曲之基础;张潜的《浸铜要略》是中国古代唯一的炼铜专著;曾安止的《禾谱》是惊世的水稻品种巨作;宋应星的《天工开物》成为当世最全的农业手工业百科全书;赵友钦的《革象新书》科学说明"小孔成像"的原理,把天文历法知识运用到人类生活试验中……

且看那些古代名人巨匠的塑像,一个个栩栩如生,令人景仰。不同的人物在各自的时代与领域均有卓越的建树,成就辉煌,铸就了江西的骄傲,也铸就了中国的骄傲。我专心致志地用相机将这些名人先贤一一拍了下来，就让他们永远珍藏在我的心中吧。

正当我们一心沉浸在一代伟人毛泽东一九六五年所写七律《洪都》诗篇之际，身旁有人喊起"葛生根"的名字来。葛生根，莫非是三十六年前与我一同参加党的基本路线教育，同吃、同住、同劳动一年的葛老师吗？

回首一看，果真是他。只不过，他的面容已由青年的他，经岁月老人洗礼后，换作了中老年人形象的他罢了。我惊喜地一问：你怎么也会在这里？

是呀，人世间事真的是很奇妙，分别三十六年的老朋友，竟能在同一时间、同一地点在游玩中相遇，就好像我们相约好了似的。这么巧合的事情，能不叫人惊讶吗？

想不到葛老师仍用他那浓重的南昌县岗上乡音回答：你能来，我就不可以来吗？南昌有了红谷滩这么一个让世人瞩目的新城区，叫谁能不来一睹她的美貌新姿呀？

兴致所至，我和葛老师又一同回忆起往事并继续欣赏起城景来。这里不仅有趣味的雕塑感染着每一位游客，还有那一组组地方风俗与市井风情铜雕，以真人的大小，再现了曾经在市民生活中广为流传和熟悉的匠人、职业及娱乐活动。有挑担剃头师傅正在给理完发的人扒耳朵掏耳屎，有打箍匠正在为别人的大小木盆紧铁箍，有一群孩子围着收杂旧废品的老人用鸡毛、牙膏皮等换糖吃，有在井边提水的老伯和用大木盆、搓衣板洗衣服的少妇，还有身着中山装用自行车推着新娘的一对新婚青年，还有一群正在打陀螺、踢毽子、推滚圈的孩子们。这一组组铜雕成为一个时代的印记，让人仿佛穿越了时空，重新又回到了那难忘的童年玩乐时代。

不知不觉中，太阳已升入中天。为纪念老朋友这一奇特的巧遇，我情不自禁高吟一诗——《奇哉，红谷滩》：

第一辑

花海神游

千载沙洲无人问，

一朝名扬天地间。

十年崛起显神奇，

老友相约红谷滩。

走进"最美乡村"

说来也算有缘。区老年活动中心举办了一期摄影学习班后，还要组织学员去世界最美乡村——婺源实习采风。以前在单位忙，我没时间去。现如今退居二线了，成了闲人一个。无官一身轻，万岁老百姓！这不，我说走就走。

事后，我还真庆幸有这么一次机会，不仅使自己增加了一门爱好，更让我有幸结交了一位参加这次采风的六十多岁的老人。老人姓肖，名坤台，是江西客车厂的退休工人。

婺源是画里之乡，一年四季均有看点。春天拜访婺源，自然是为了那漫山遍野的油菜花。

我们首先来到婺源一个诗情画意的地方——"月亮湾"。光听名字就已经让人陶醉了。在月亮湾，当地村民弄了两条船，一条是竹筏，一条是乌篷船，每条船上各有一把伞，一把是大红，一把是大绿，还配有斗笠、蓑衣，供摄影爱好者拍照。

有诗曰："半亩方塘一鉴开，天光云影共徘徊，问渠哪得清如许，为有源头活水来。"描写的就是婺源"李坑"的美景。现在正是油菜花开的旺季，我们来到婺源，这里已是车水马龙，人头攒动，车鸣人叫，拥挤不堪，连个车位都难以找到。

李坑风景如画，美不胜收。一眼望去，尽是"蓝天白云油菜花，小桥流水好人家"。

江岭是一座大山，有道路盘旋而上。"一生痴绝处，无梦到徽州"。无论是山脚、山腰、山顶，景色都是一级棒，真是"横看成岭侧成峰，远近高低各不同"。

你看那层层的梯田，金灿灿的油菜花，青青的草地，粉墙黛瓦的民居，近处的绿树，远处的青山，不须描绘，却都是一幅幅动人的田园诗画。

春到婺源，风情万卷。微风袭来，云雾缭绕，山色空蒙，变幻莫测，这儿的每一分钟甚至每一秒钟都绝不相同，出神入化，美轮美奂。这就是大自然的鬼斧神工，神来之笔，点石成金。看得人流连忘返，惊叹不已。

采风期间，肖师傅听说我是一位新手，便主动和我亲近起来，并不厌其烦地向我传授摄影知识。讲完摄影 A、B、C 后，再传授诸如为什么这种画面好，那个角度新等"秘诀"。

哦，原来摄影还有这么多学问。渐渐地我听得入神入迷了，兴趣也就跟着来了。

正当我兴致勃勃地玩相机时，肖师傅却把照相机放下，拿起彩笔画上了。不一会儿，一幅美丽的风景画便完成了……

老肖，看不出，你还有绘画的爱好？我问。

提起我的爱好，不瞒你说，还真够多的。你看，他边说边打开身旁的手提包给我看：这些都是首日封，我出游婺源的第三个收获。

哦，我似懂非懂地点了点头，那首日封是什么意思？

于是肖师傅又用他那奇妙而又独特的语言把我带入了一个新的"大陆"。

几天后,我们去欣赏思口乡延村明清古建筑群时,肖师傅的眼睛一下子就盯住了白墙下的一堆树根。但见他左看右看,爱不释手,边看还边连声赞道:好根、好根!这几棵树根可是根雕的好材料呀!

你还会根雕?我不禁惊讶起来。

怎么,不信?肖师傅笑得活像三岁孩童:回去后我请你到我家做客,看看我制作的根雕装饰品。

面对这位老人,我茫然了:是呀,他好像对什么都感兴趣。他哪来这么多精力?这些爱好之间又有什么内在的联系?……带着这些疑问,我请教了肖师傅。这位乐天派的理论,真是让我受益匪浅。

每个人都应有自己的业余爱好。丰富的业余生活,就是一种有趣的休息。肖师傅侃侃而谈:一个人休息好了,生活得到了调剂,就会以更加充沛的精力投入工作。

说得是,说得是。那些精辟的理论,把我听得津津有味,对我有很大启迪。

你的这些爱好是不是有什么内在的联系呀?我向肖师傅提出了心中的疑问。

问得好。肖师傅说:年轻时业余时间我就喜欢骑车外出旅行,饱览大自然的美好风光。渐渐地,又有了把好的景色拍摄下来的愿望,于是就学会了摄影。可有些画面,拍下来后又觉得还是美中不足,丢之又很可惜。一冲动,又拿起了画笔。当我已不满足于可供绘画的现成画面时,恰好家中有些只要稍加雕刻就是一副好图景的树根,一发狠,我又投进了树根的世界。

有这么多爱好,还要工作,我又不理解了:你忙得过来吗?有这精力吗?

谈到精力,肖师傅深有感触地说:不错,一个人的精力是有限的。但只要合理而又科学地安排好时间,充分利用点滴时间,精力就富有了。

你也说得太轻巧了点吧？我还是不信:时间又不能增多,能说来就来吗？

当一个人对某件事情感兴趣了,时间总是会找上门来的。信不信由你。肖师傅乐呵呵地说:关键是要让自己产生兴趣。有了兴趣,可以说你就拥有了一切。

我终归默认了:是呀,当一个人对某件事情真的有了兴趣了,那他就会想方设法地挤出其他时间来。

如今你也退下来了,和我一样不愁时间了。肖师傅向我发出了邀请:怎么样？老弟,抽空到我家来看看。我家有很多根雕艺术品,我可以送你几件。

好呀,我开心地说:回去我就去找你。

不过,乐趣还在于自己动手制作。肖师傅话题一转:只要你感兴趣了,愿意学,我收你为徒。

行呀,我赶紧说:你没听到这几天我都在叫你师傅吗？

数天来,我跟着大伙学到了许多东西,增长了不少知识。然而最大的收获是认识了肖师傅。我很庆幸自己认识了肖师傅,因为,正是这位热爱生活的老人感染了我,引导我走进了一片五彩缤纷的艺术世界。

回来后,我开始了到房前屋后以及周围地区寻找树根的突击行动。当我一头扎进那片五彩缤纷的艺术世界后,才感慨万千:人生真是活到老、学到老呀。虽然自己生活了这么多年,然而我要说,至今,我才算是开始真正懂得了什么叫生活。

让我感到惊讶的是,平时没注意,家门前有一棵老榆树,我本也想挖来做根雕用的。奇怪的是,它全身都萎枯了,却硬是长出了一束束嫩芽、嫩叶儿来。

面对这棵老榆树,感触良多的我,不觉诗兴大发,赋《生命力强老榆树》一首:

第一辑 花海神游

门前一榆树，

干心已萎枯。

居然枯木能逢春，

长出叶儿一束束。

绿叶如伞展，

引来鸟无数。

美景长在枯树上，

腐朽神奇并蒂舞。

"北方明珠"赏绿

当我看了《南昌市民文明读本》中借鉴篇之一"北方明珠"大连时，深为其用"绿色思路"设计城市的理念所折服。尤其是"广大居民走出家门就进花园"这句话，作为大连市政府建设花园城市的一个明确目标提了出来，让谁听了能不为之一振？

大连人是怎样取得绿化覆盖率超过百分之四十、人均公共绿地突破八平方米这样傲人的成绩的呢？为此，我们专门走访了大连这个美丽的城市，从中了解到他们是如何运用"绿色思路"设计城市的这一理念。学习大连，就要从"绿"字上巧做文章。

街景绿化。在实施"绿化工程"中，大连人将全市能够栽种的地方，见缝插针，做到了全部绿化。高标准绿化住宅小区、中心草坪广场、草坪体育场如雨后春笋般涌现。市内"三季有花、四季常春"，三百多万平方米草坪中百分之六十五为冷季型草，绿期长达九个月以上，即使在隆冬季节，仍可在街头广场看到那片片葱绿，看到那富有诗情画意的秀丽景观。

还绿于民。对全市已建成使用的建筑重新进行治理改造，拆除各类违章建筑，全部栽种花草、树木。仅此一项，就新增绿地一百二十多万平方米。无尽的草绿、处处的花香，让小区居民真正过上了"走出家门就进花园"的舒心生活。

使绿多起来。要造绿地，就要有地盘。为扩大绿地面积，大连人结合城市房地产开发，对坐落在市区繁华地段的有碍观瞻、污染环境的工厂进行了动迁换建，让出空地搞绿化，从而使城市绿地面积多了起来。如大连渤海啤酒厂原来地处青泥洼桥繁华地区，一九九五年市政府出资四千万，将该厂迁至郊外，一下就让出九千平方米土地建成了一个街心花园，让市民又多了一处休闲、散步之地。

让绿露出来。城市本身就有的绿色，因为围墙相隔而使之深藏"闺中"。大连市将全市所有的公园、路街主干线两侧、机关、企事业单位封闭式的砖墙全部推倒，让绿露了出来。同时，把围墙内裸露出来的空地全部进行绿化，取而代之的是造型典雅的欧式栏杆。这样，客观上取得延伸绿地的效果。使公园、绿地与繁华的商业市区融为一体，让广大市民、游人充分感受到无处不在的大自然的迷人风景。

营造绿色风景线。对铁路沿线、主要干道和高速公路出口处这些难以管理地带，进行重点绿化。该铺草坪的铺草坪，可种树木的种上树木，能栽花的栽上花卉。由于这些"窗口"地带环境面貌得到彻底改观，使之一路飞车一路绿，增加了优美的迎宾氛围，从而给乘车到大连的国内外客人以美的享受。

留足绿地。为使绿化之"花"常开不败，大连人把增加城市绿地纳

第一辑

花海神游

入城市建设和发展的总体规划之中,使绿化与建设项目同步设计,同步施工。并明确规定了不同区域不同作用的建筑周围预留绿地面积的标准。凡是新的建设项目尤其是住宅建设,不留足绿地,达不到规定要求的坚决不审批。这样就有效地解决了"重建筑轻绿化"和绿化不达标问题。如占地一百五十万平方米的星海湾商务中心是通过填海造地建成的,当年其他项目还没有动工,道路和绿化就已先行,一期工程绿化面积就达五十万平方米。

放眼大连,那星星点点,由点连成线,由线连成片的草坪、广场、花坛、林带、街景,青翠欲滴,花繁似锦。好一座美丽如画的城市! 好一座魅力四射的城市!

我们南昌市借鉴大连用"绿色思想"去设计城市理念,经过短短几年来的努力,通过沿江布绿、依湖造绿、傍路建绿、见缝插绿、推墙见绿,迅速扩大绿化面积,全力打造绿化品位,向花园城市迈开了坚实的步伐,并取得了可喜的成绩。

如今,南昌城市面貌已经发生了许多非常明显的变化。她早已成为了一位洗去灰尘、换上绿装、令中部乃至全国城市人们羡慕不已的俊俏"姑娘"。

可以这么说,无论你是南昌市民,还是外地来南昌市出差、观光的人们,当您漫步红谷新区、青山湖畔、象湖新景、艾溪湖湿地公园⋯⋯那树荫蔽日、绿草如茵、花香袭人、碧波荡漾的亮丽风景,怎不叫人赏心悦目,心旷神怡? 置身其间,难道你不觉得,你仿佛已经来到了大连那座美丽城市的海滨路上漫步,乃至流连忘返了吗⋯⋯

活在歌中的女孩

不论我走到哪儿,也不管时间过了多久,只要一听到《月光下的凤尾竹》这支美妙的歌曲时,怀玉山那缥缈如画的美丽景色,还有那位只因有点斗鸡眼而让我早已失去了的女孩,就会重现在我的脑海中。说起这段怀玉山之旅的往事,我今生都难以忘怀……

二十世纪八十年代初,一度失恋的我,很长一段时间都沉浸在无穷的痛苦之中。

好友来找说:俊华,快看看我给你物色的美人。说完,将一张照片送了过来。

我不经意地瞟了一眼照片,却令眼前为之一亮。那是一张不太大的两寸彩照。照片上,是一位亭亭玉立的女孩。在她那向一边侧着的美发上,戴着一顶彩色草帽。那娇柔、娴静的样子,确实是那种让我挺喜欢的可爱女孩。

女孩叫傅梅芳,是位白衣天使。她所在的工作单位在玉山县的怀玉山场。一趟趟转车之后,起了个大早的我,终于在吃午饭的时候下了汽车。坐在女孩家宽敞明亮的大堂中,我开始期待着女孩的出现,也许今天的远行,会有一个意想不到的收获。

终于,女孩回来了。远远的,在这迷人的山区里,我终于看到了那似曾熟悉的身影。依旧戴着那顶草帽,弱柳扶风般行走在青山绿水之中。

第一辑 花海神游

是的,比照片上的她,更优美、更有韵味。目视着她的到来,我突然间兴奋得手足无措起来。

近了,更近了,女孩终于走进了家门。因为知道我的存在,进门时她稍有迟疑,娇羞地瞥了我一眼,一闪身进了房间。

我的心,突然沉了一下。那一瞥间,我察觉到对方眼神不对。她好像眼睛有点斜视,哦,不对,是标准的斗鸡眼!

女孩再次出现,帽子摘了下来,换了套家常衣服,更增添了几分少女的魅力。女孩说话的声音也甜,轻轻柔柔的,看得出,教养很好。

然而,我的心,全在她眼睛的疑惑上。经过小心翼翼地再三观察,我终于悲哀地确定了自己的判断。

天啊,我在心里哀叹:为什么上天要如此折腾我呢? 本来还以为老天爷可怜我失去了珍珠,就又送给我玛瑙了。没想到却送了个斗鸡眼给我。想到要与一个有斗鸡眼的女孩生活在一起,一向自诩是完美主义的我不禁不寒而栗,来时热切的期盼早已化为了一堆寒冰。

静悄悄的山区之夜,月光漂洒在树林之间,也抚摸在我的身上,让人心旷神怡。

虽然有月色照明,但山区路面还仍然是漆黑一片的。我紧跟在手握一节松树点燃作为火把的女孩身后,默默地走向她工作的医院休息。

在月光和火把的映照下,一束束婀娜多姿的竹子不时迎了上来。

你知道这叫什么竹吗? 女孩打破了沉默。

不知道。我凑近仔细欣赏后说:这长长的竹叶真的很美丽。

这是凤尾竹。女孩又问:你见过吗?

没见过。我话音刚落,女孩脱口唱了起来——

月光啊下面的凤尾竹哟

轻柔啊美丽像绿色的雾哟

竹楼里的好姑娘
光彩夺目像夜明珠
听啊
多少深情的葫芦笙
对你倾诉着心中的爱慕……

世上竟然有这么美妙动人的歌曲,我边走边听着,一路陶醉了。

唉哟,女孩突然轻呼,火把一歪,我一步冲了上去,托住了那个欲倒的身子。

没想到女孩顺势一抱,搂住了我。温香软玉满怀,少女特有的馨香阵阵扑鼻而来。我不由心酥,正想迎合她时,一低头,在那微弱的火光下,女孩柔情似水地在看着我。

哦,眼睛,我看到了此时此刻不该看到的那双眼睛。心里一凉,双手便缓缓地、轻轻地把女孩松了开来。

如此美妙的夜晚,和一位妙龄女子,本该是一场风花雪月的良辰美景。然而,在我脑海中,却还是被女孩那双让人感觉有点怪怪的眼睛,将兴奋点给强行熄灭了。

我来打火把吧。我假装没有看到女孩哀怨的目光,把火把尽量地照在女孩的脚下。

女孩的宿舍很洁净,如同她的人一样精致。一进门,女孩便打开了她那同样精致的录音机,好听的音乐如行云流水般充盈在这个两人世界的房间——

哎
金孔雀般的好姑娘
为什么不打开哎你的窗户

第一辑
花海神游

月光啊下面的凤尾竹哟

轻柔啊美丽像绿色的雾哟

竹楼里的好姑娘

为谁敞开门又开窗户

哦是农科站的小岩鹏

摘走这颗夜明珠

哎

金孔雀跟着金马鹿

一起啊走向那绿色的雾哎

嘿……哎……

金孔雀跟着金马鹿

一起啊走向那绿色的雾

哎……

听过这首歌吗？女孩对我笑笑说。

哦,这首歌不就是刚才你在路上唱的,赞美我们刚才看见的凤尾竹的歌曲吗？我说。

是的,你听出来了。女孩说,《月光下的凤尾竹》,这是我最爱听、也最爱唱的一首歌。

第一次听到葫芦丝的声音,真的好美妙！在"凤尾竹"忧伤的旋律里,女孩不停地同我聊了起来,并不时表露出自己对我的渴望和爱恋。

时间一点点过去了。我规规矩矩地躺着,甚至不顾女孩的几次暗示,把过于暧昧的话题转了过去。

第二天,女孩带我到附近游玩。怀玉山里的风景,很是赏心悦目。况且,女孩实在是个很好的向导,不仅带着我细细品味着这怀玉山特有的风景，还时不时会给我娓娓道来一个个动人的故事。

女孩边走边介绍说：怀玉山，位于我们江西省上饶市西北部，玉山县境内，距玉山县县城六十五公里，平均海拔一千米以上，它怀抱世界自然遗产三清山，山脉绵亘三百余里，北邻黄山，南接武夷，横贯赣浙皖三省，史有"东南望镇"之称。明代李梦阳有诗曰："怀玉之山玉为峰，四面尽削金芙蓉。"可见其怀玉山气势之雄伟。怀玉山，也是我们赣东北古老、神奇的红土地，是一座历史悠久、风光旖旎的名山，它因"天帝赐玉，山神藏焉"而得名。千百年来，它以奇、幽、雄、险、峻，而令人向往。

我们来到一处峰峦交织，地势险要之地，女孩饶有兴致地说：历史上，因为它是长江和珠江军事活动的"走廊"和"跳板"，所以，这是兵家必争之地。太平军与清军在这里进行过殊死的争夺战。怀玉山还是革命老区，也是玉山县第一个农村党支部创建地，玉山县第一个苏维埃政权诞生地和方志敏的《清贫》故事发生地。

原来，一九三五年，红十军创建者方志敏率领的北上抗日先遣队，血战于怀玉山区金竹坑、八石祭、三亩、分水关一带，留下许多可歌可泣的故事。他们与数倍于我军的敌人进行浴血奋战至弹尽粮绝，方志敏不幸在怀玉山区的高竹山上被捕。方志敏蒙难时，两个敌军士兵认为方志敏是共产党的大官，身上肯定有钱。于是，从袄领搜到袜底，方志敏身上除一支旧自来水笔和一块旧怀表之外，竟然连一个铜板也没有。这一真实故事，成就了一篇千古美文——《清贫》。

我读过写方志敏的《清贫》。方志敏的清贫精神是中华民族可贵的精神，始终激励着我们一代代后人奋勇前进。想不到能在这里领略革命先烈战斗过的地方，我一时也兴味盎然起来，悠悠岁月，后人继承烈士崇高的精神；漫漫征途，我们敬仰烈士伟大的品行。方志敏用生命点燃的精神火炬，照亮了穷人的心，照亮了怀玉山的山山水水。怀玉山，这块古老神奇的红土地，饱经战火的考验，它的历史文化遗产是我们的传世瑰宝。

第一辑

花海神游

随后,我随女孩一起欣赏了怀玉山风门、七盘岭、玉光亭、芳润堂等古迹名胜景点,见识了云盖、金刚等怀玉山几座主峰。在山腰上,我们看到了清代赵佑石刻的"高山流水"四个刚劲飘逸的著名石雕。

女孩有点自豪地说:怀玉山集红色、古色、绿色旅游三大特色为一身,它那灿烂的历史文化和迷人的自然风光让世人热爱有加。曾经有人观光后,对怀玉山赞叹不止:

跃上风门路转赊,七盘岭上有人家。

玉光芳润千顷地,云盖金刚万丈崖。

野鸟无名栖古木,乱红带雨落窗纱。

高山流水安排著,何用弦歌颂物华。

我们来到一条高高大大的峡谷之间。但见那溪水奔流,瀑布潺潺,但听那松涛阵阵,鸟鸣花香。一条美丽的彩虹飞渡峡谷两岸,让我沉浸在大自然的美丽怀抱之中不能自已。尤其是那炫丽的瀑布,从山上冲下,溅着的水花,晶莹而多芒,像一朵朵小小的白梅,微雨似的纷纷融进溪流之中。

见此情景,我也情不自禁、脱口而出的念起了李白《望庐山瀑布》这首诗来——

日照香炉生紫烟,

遥看瀑布挂前川。

飞流直下三千尺,

疑是银河落九天。

还没等我从对瀑布美景的惊叹中回过神来,女孩话锋一转,便向我谈起了她的一位好朋友的故事来。

那是一个有些悲惨故事。女孩的一个朋友因为被男友抛弃而选择了轻生。就是从怀玉山跳下去的。这个故事打断了我对美景的遐思，看着女孩灼灼的目光，我无言以对。唉……老天不公啊！

从此以后，每当我听到《月光下的凤尾竹》这支美妙的歌曲时，怀玉山那缥缈如画的美丽景色，还有那位有点斗鸡眼的女孩，就会重现在我的脑海中。经过岁月的洗礼，我对她的看法有了根本的改变。她在我心目中的形象，早已不是斗鸡眼了，而成了一位如彩蝶一样行走在歌声中的女孩。这位柔情馨香而又美意可爱的怀玉山女孩，她就像《月光下的凤尾竹》里那个跳着傣族舞蹈的美丽女孩，永远地活在了我的心中。

品味济州岛

我是一个韩剧迷。迷到了一个什么程度？这么与你说吧，凡是我国引进来的韩剧，我都会买来光盘欣赏，市面上有的，我都会一网扫尽。如今，在我家中至少有两百部韩剧碟片。有个成语说得好：爱屋及乌。由于喜欢看韩剧，而韩剧故事里大多数发生地往往就在济州岛，因而，我也就自然而然地从爱看韩剧演变成了喜欢济州岛。既然喜欢，只要有条件和机会，那自然要去玩一玩、看一看。于是，相约几位朋友，我们便随着旅游团，踏上了韩国的第一大岛——济州岛。

济州岛，面积为一千八百四十五平方公里，形状呈椭圆形，中部高四周低，岛中央的汉拿山，高一千九百五十米，是韩国的最高峰。说是济州

岛,其实,它是由有两个城市组成的。一北一南两个港口,中间被汉拿山隔开。历史上,济州岛曾是个独立的国家,名叫耽罗国,后归朝鲜统治,也曾被蒙古人管理一百多年,因而岛上保留着独特的风俗习惯,又由于该岛是火山岛,地形地貌上也有着很独有的特征。韩国人喜爱济州岛,把它作为旅游度假胜地,这里风景优美,被誉为"韩国的夏威夷"。

据说,这座漂亮的岛屿,曾是李朝时期政治犯流放地和养马场。一三九二年李成桂灭了高丽王朝称王后,报请明朝,朱元璋取"朝日鲜明"中二字赐名建立朝鲜。之前,济州岛属于元朝的掌控地。济州岛最南端的是西归浦市。相传秦嬴政时期,派徐福到处寻长生不死药,一群人来到东瀛寻仙丹,从秦皇岛驶船向东,先到了济州岛,但汉拿山上没有仙草,徐福便在海边萌发归意,这便是西归浦得名的由来。但徐福到底怕秦始皇怪罪,西归途中还是转向去日本了。当时除了东渡去日本的一部分人外,其余还有一些跟随徐福的人留在了济州岛上,主要有高、夫、梁三个姓氏。七八百年前这三姓间联姻,近亲联姻造成了许多不良的后果,于是至今,岛上此三姓的人们相互不通婚。

早就听人讲,济州岛上有"三多三无"之说。三多是指石多、风多、女人多。三无是指无乞、无偷、无大门。因此,济州岛也被称为三多岛。石多:整个济州就是由于火山爆发造成的,所以济州石头、洞窟特别多。风多:与济州地处台风带有关,就像石多一样,也说明了济州岛生存环境的艰苦。女多:由于以前济州岛男人出海捕鱼,遇难身亡比例很高,所以从人数上女人多于男人。但更主要原因是生活艰难,女人也要随男人一起劳动,因此使得女人看起来较多。

一进入市区,热闹的人流便使我们备感亲切。我们先游玩了天地渊瀑布,这是一个天然的峡谷,两边是陡峭的山崖,中间是河流,两边山脚被人工开辟成宽阔的道路,栽了许多热带温带的树木,便成了一个公园。顺着峡谷走到尽头,迎面便是一个绝壁,上面挂着瀑布,这是河的源头。

欣赏了天地渊瀑布，我们继续前行下一个景点，独立岩。这是伟大自然力作用下，造就出的胜景，也是韩剧《大长今》中长今与韩尚宫被流放场景的拍摄地。一来到这里，导游就为我们唱起了《大长今》片尾的插曲：看天空飘白云还有梦，看生命回家路长漫漫，看阴天的岁月越走越远，远方的回忆，你的微笑……我们在此重温了一下电视剧《大长今》的情节，真有亲自走入电视剧之感。

独立岩是在约一百五十万年前的火山爆发时期，由大量的火山熔岩在难以形容的伟大自然力作用下，造就出的胜景。高约二十多米，亦被称为将军岩或孤石浦。它位于断崖绝壁林立、美丽岛屿众多的西归浦沿岸地区。传说高丽末期，大将军崔荣在西归浦虎岛讨伐元国残兵时，把独立岩扮为魁梧的将军，在虎岛的敌军看到它以为神人降临，就都吓得自杀了。大将军崔荣不战而生，独立岩（孤石浦）也由此得名将军岩。

导游还给我们讲述了另一个美丽的传说：独立岩旁边还有一方仰卧的岩石，那是一位出海遇难的丈夫的遗体，因为妻子（独立岩）苦苦守候崖边，感动了神仙，于是将她丈夫的遗体送回了她的身边。独立岩顶上的茂密的青草好像是妻子为了迎接丈夫回家而烫了卷发。从此他们岁岁年年相伴在碧海蓝天，不再分离。

矗立在济州岛海岸边上的火山熔岩，便是龙头岩。龙头岩形似一个昂出海面的龙头，仰天长啸，掀起一波又一波的海浪，仿若在龙宫中生活的龙在欲冲飞上天时瞬间被化作石头一般，这是一块两百万年前由熔岩喷发后冷却形成的岩石，永久性地演绎出海天一体的浩大气势。济州岛的海水颜色较深，瓦蓝瓦蓝的，干净得让人难以置信，远天碧蓝的海平线上，几只海鸥划过，宝石般的蓝色海面就动态起来。这里随处可见的石头爷爷，憨态可掬，可以算是济州岛的标志了。

作为火山运动形成的济州岛有许多火山，根据统计有三百六十个火山口，最著名的有汉拿山顶的白鹿潭、城山日出峰和山君不离火山坑。城

山日处峰在济州岛的正东面,便有迎接日出之义,是伸进海里的一个高耸的火山,一面通过大的斜坡与陆地相连,另一面在海上呈半圆形。我们走过绿草如茵的坡上草地,便可见眼前耸立着陡峭的山峰,顺着山道爬上山顶,站在峰顶,眼前的脚下是一个像锅的形状的盆地,这便是火山口。人是不准下去的,大家只能向下看,盆地里长满了杂草,也有一些松树零星地散布在里面。

自古济州岛上的男子都以出海捕鱼为生,很多人有去无回,村里的孤儿寡母不断增加,女人便多于男人。为了能留住丈夫和父兄,这些做妻子母亲女儿的,甘愿自己下近海捕捞维持一家生计。面对艰苦险恶的环境,她们依旧坚韧不弃不屈服,被称作"海女"。我们沿途看到的房屋都没有院落、围墙和大门,错落有致的房子像彩色积木垒成的,漂亮整洁,温馨恬静。在海女纪念馆里,能看到很多纪实的图片和实物。纪录片中,最大的"海女"年纪已是六十几岁了,可她们还仍然坚持在十分恶劣的条件下辛苦工作,那吃苦耐劳的精神和毅力,真让我们震撼和敬佩。

济州岛上还有一条神奇之路。这条神奇之路,又叫怪坡,在济州市南面的郊区。这是山坡上的一节公路,两边是山林,除了附近的几家店铺外,这个景点一切都是最自然的状态。它之所以吸引我们,是因为游览车到了怪坡,熄了火之后,车子却神奇地爬起坡来。大家纷纷猜测,有的说是下面有一个特殊的磁场,有的说下面有铁矿石。到怪坡的上端,我们下了车,导游拿来一个水平仪放在公路上,水银球偏到了下坡。路边的一家店铺免费提供自行车,我们一个个骑了,下坡时要用力踩,上坡时则用很小力就行。后来在宾馆里看旅游手册,上面说是因为周围景物的关系使人发生错觉,误将下坡看成上坡,才明白怪坡与地下磁场或矿物并无关系,只是当时观看体验之后确实感觉到了神奇之路的神奇。

怪坡附近的一个景点更有文化价值。这是私人创建的一个景点,叫"耽罗木石苑"。木石园展示古代耽罗的文化风俗。矮矮的石头围墙里,散布着许多石头稻草屋和石头建筑。我们走在园中,导游指着一个石头雕成的老人像说,这是济州人的祖先,也是当地的守护神,名叫石头老公公,它的身上有灵气,摸它的鼻子生儿子,摸它的肩膀发财运,摸它的帽子身体健康。我们一行人便不管老少,都将石头老公公的这三处摸遍了。

韩国泡菜口味独特,绿色健康,它含有丰富的对肠道有益的乳酸菌、维生素 A 和 C、钙磷铁等。在泡菜馆,韩国的泡菜师给我们详细讲解了做泡菜的主要材料和配方后,我们便饶有兴趣地动手做了起来,亲手体验了一次制作泡菜的全过程。想着亲手做的泡菜会送给当地独居的老人食用,就觉得这是一件很有意义很开心的事。

离开泡菜馆,我们走盘山公路去位于济州岛北部的韩国民俗资料保护区——城邑民俗村。济州岛城邑民俗村位于汉拿山麓,是完全保存了韩国传统的一处民俗村。村里的导游能说一口流利的汉语。给我们从头到尾讲述起民俗村的故事。

我们还专程去参观了村长家的住宅。村长家的大门很独特,没有门楣、门脸和大门,在路旁只有膝盖高的两个石墩,石墩上有三个插木棍的圆孔,有三根很长的木棍。插上一根,表明家里人没有走远,一会儿就会回来;插上两根,表明家里人出去干活,晚上才能回来;插上三根,表明家里人出远门,三四天才能回来。这所房子已有三百年的历史,成为民俗村的文物了。盖房子的木料,都是用马骥和泥土混在一起抹在木料上的,这样既进行了消毒、防虫又防腐烂。房柱是四方形,防止蛇往柱子上攀缠。

村长已经九十八岁了,身体却还是很硬朗。原本正房老人住,儿子住厢房。儿子结婚后,儿子换住正房,老人住厢房。厨房合用,但单独做饭,这样婆媳没有矛盾。客厅有两个门,左边是男人进出,右边是女人进出。男人的地位最高称王八力,是家里的霸王,只管吃饭喝酒,可以娶三四个老婆;女的是劳动者称能八力,要上很远的地方背水,还要种地下海抚养孩子。

这里每家每户的庭院中,都长有很多参天大树,相传这些大树有着保护家里女人和出海男人安全的神力。

孩子的悠车,是用藤子编织的。悠车不是挂着,而是放在母亲的身旁,当悠孩子睡觉时,是左右摇晃,这样做是为了从小锻炼孩子,长大出海不晕船。

不知是真是假,听说,来到济州岛有四种东西是不可以拿走的:马肉、石头、兰花和五味子。

民俗村的马特别值钱,济州岛有六处卖马肉的地方。马肉生吃和熟吃一个味道。生吃马肉可预防中风和老年痴呆。有日本游客专门坐飞机来到济州岛吃马肉,一年最好吃上两次。山里的马最纯,马的身上印有编号,马脖子里放芯片,可以随时和马联系。没有芯片的马是不正宗的马。同时还要保证马的数量,杀一匹马就要补上一匹马,这样济州岛的马才不会绝种。据说,这里的马骨粉可以免费提供给海女用来治疗风湿腿疼。

这里还有一个特产,就是五味子,韩国的五味子是黑色的,据说生吃治感冒、咳嗽。五味子要发酵五年才是最好的,民俗村的五味子已有三百五十多年的历史,据说这里的五味子可以补肾,预防近视。

济州岛还有一个在韩国非常有名的徒步道路——偶来小路。这里的每条徒步路线都各有特点:东部的偶来小路以火山石篱笆和郁郁葱葱的树林簇拥的山路为主,漫步小路,你将充分享受阳光、接受山林浴的洗礼;南部的偶来小路则引领你浏览奇特的河海交汇的济州名景,零距离打探掩藏在海岸、乡村、苍山间的自然本色。

当我们融入济州偶来小路自助徒步游的队伍中时,那真正的自然乐趣,那独有的济州韵味,给我们留下了最具浪漫色彩的美好回忆。

田园垂钓

第二辑

田园垂钓

偷得浮生半日闲。难得有天休息,与同事一起去郊外钓鱼,同时,也借机欣赏一下乡村的田园风光。

已近春末夏初的季节了。春花正谢,但绿树成荫,波光粼粼,在池塘边站一站,坐一坐,都觉得神清气爽。已经很久没有领略这么美好的风光了,乘大家准备好钓鱼的用具、忙着打窝子、穿鱼饵之际,我先找了个地方,好好欣赏着这里的山山水水迷人风景。

难得远离都市喧嚣,我倾心沐浴着田园风光,深感对"春色满园香,湖光山舍醉"的留恋。

喂,你发什么愣呀? 今天的兴趣在水中。同事笑了。是呀,我陶醉在美景之中,差点忘了此行的目的。

在这儿不但可以欣赏周边那依山傍水、湖光山色、清香空气、优美环境、绿色田园、鸟语花香之江南春光美景,还可以坐上半天钓鱼,享受那鱼儿上钩的刺激,我当然是全身心毫无保留地投入到这大自然田野的环抱之中了。

美景尽收眼底,让我兴味盎然,自然钓鱼的心情也随之开朗起来。

我们一行人,团团围坐在池塘四边。虽然都是一塘之鱼,有的人位置好,鱼儿接二连三的上钩,有的人,半天也没有动静。我的位置,隔三岔五的有几条,不如右边的风光,也没有左边的冷清。只是,等待的时间里,倒是很培养耐心的。人们都说钓鱼可以修身养性,今天倒是深有感触。等了很久,都没有动静。正不耐烦东张西望之时,杆动了,手忙脚乱地提杆,鱼已经带着鱼饵逃之夭夭了。

其实做人也同钓鱼是一样的。很多时候，蓄势待发，一开始还踌躇满志，一副志在必得之态。然而，漫长的努力中、等待里，锐气一点点地消散，就会不耐烦起来。即使幸运女神来敲门，也会因为一时的疏忽而让机会白白错过，有时甚至悔恨终身。就像刚才这条鱼，就是因为疏忽，眼睁睁地看着它在我的眼皮底下得意洋洋地溜走了。这不正说明，人如果没有耐心，就很难办成大事。成功的机会，只会留给那些坚守到最后胜利的人！

位置是很重要，但也不能唯位置论。有的人位置不好，急不过，便跑到热闹的地方，插上一杆，很快也能分上一杯羹。可我左边的老兄，没有半点儿焦急和烦躁，一把接一把的撒鱼食，一次又一次的调整鱼饵。那副泰然的样子，让我也对他的胸有成竹充满了信心。事实证明他是对的。到了后来，他钓的鱼并不比别人少。你还不得不佩服他，活生生地把一个"荒沙漠"变成了一个人人羡慕的"鱼米之乡"。

我想，人生在世，很多东西不是可以任由自己选择的，太多的无奈让我们不得不面对自己无法改变的状况。当然，我们也可以选择逃离，就像钓鱼一样，这里不好就换一个好的地方。只是，谁能保证，你换的地方就一定是个好地方吗？更何况，世事无常。很多时候，好的地方变成了不好的地方，不好的地方却成了好的地方。人生中的许多事，并不是说想换就能换成的。我倒欣赏那位老兄，面对现实，通过自己的努力，改善自己的环境和条件，不是一样也能钓到人生中很多的"大鱼"吗？

也许是养鱼塘的关系，后来鱼儿上钩得特别快。一会儿上来一条，一会儿又上来一条。有的同事用双杆，双杆同时钓到一条鲫鱼和一条草鱼。呵，那当时，简直捞都捞不赢，好一派繁忙景象。

望着手中那些活蹦乱跳的鱼儿，我突然想到，鱼儿也太笨了吧，一点点小小的鱼食，就能让它如此奋不顾身地上钩？

微笑之余，看着水中自己的倒影，不由心惊。试想一下，人不也一样

第二辑 田园垂钓

吗？每每经不起诱惑，因一点小利而丧失了做人的准则以至于生命。看看周围，有多少这样触目惊心的例子，我又有什么资格去嘲笑鱼儿呢？

人生在世，诱惑无所不在。为名忙为利忙为财忙，时时处处都是陷阱。就像鱼，生活在水里，表面上看，风平浪静，逍遥自在，可谁知下一刻会如何。所有的机会、风险、运气全在那里等。也许这一次幸运了，得了点好处，但下次，正是因为这种尝过甜头的诱惑，让它最终还是成为别人的口中之食。谁能看清这世界的险恶和福祸？大鱼有大鱼的饵，小鱼有小鱼的饵，只要有偏好，也许谁都逃不了。而且，越是大鱼，面对的诱惑也越多，因为有利可图，便会有人费尽心机，投其所好，直到上钩为止。

所以，要做一条不上钩的鱼，是一件很不容易的事。也许，多来钓钓鱼，多看一看、想一想鱼儿上钩后的痛苦挣扎，人们的手儿就不会伸得那么长了。

日挂中天，午时已至。经过几个小时的努力，我们满载而归。之于我来说，不仅有物质上的，更有精神上的大丰收。

是呀，田园风光人陶醉，水中碧波鱼欢跃。人生难得一回乐，乐有所思更快乐！

大自然 "迷宫"

都说张家界美丽如画，百闻不如一见。抽出一个假期，我们身临其境，真切感受到，张家界还真是名不虚传。

相传张家界是因汉代留侯张良隐居于此而得名。二十世纪七十年代末，张家界罕见的石英砂岩峰林奇观被世人发现，得以开发。一九八二年九月二十五日，被命名为"张家界森林公园"。成为中国第一个国家森林公园。一九八四年，时任中共中央总书记的胡耀邦视察此地时将张家界、索溪峪、天子山三大风景区命名为"武陵源"。一九八八年成立大庸（现更名张家界）地级市时，特设武陵源县级行政区，方圆三百六十九平方公里。武陵源境内岩溶地貌发达，石英砂岩峰林峡壳地貌发育更为世界罕见。一九八八年十月，国务院公布武陵源为国家级重点风景名胜区。一九九二年十二月七日，联合国教科文组织世界遗产委员会批准将武陵源作为世界自然遗产列入《世界遗产名录》。国内外专家学者赞誉武陵源是"大自然的迷宫"和"不可思议的地球纪念物"。二〇〇四年，张家界又被联合国教科文组织列入世界地质公园流水侵蚀地貌。

一路上观看旁边峭壁上的景点，有观音送子、金鞭岩、文星岩、紫草潭、千里相会。猪八戒娶媳妇（《西游记》在这里取景）等，看上去都不错，山景三分靠形象，七分靠想象，让人兴趣盎然。

当万里朝霞装点晨空，我们进入了群山叠翠、秀色迷人的张家界风景区，周围景色既迤逦着夜的幽静，又洋溢着晨的清新。秋风拂面，凉意里饱和着馥郁的甜蜜，初秋果实的芳香，耳畔似有隐约的歌声在荡漾。

来到景区，首先映入眼帘的，就是那有着"千年长旱不断流，万年连雨水碧青"美誉的金鞭溪。金鞭溪全长七点五千米，被两岸高不可攀的山峰镶在中间，溪水弯弯曲曲地潺潺奔走。

奇峰金鞭岩，据说是秦始皇的赶山鞭，海龙王怕他赶山填海，就派女儿来到人间，乘秦始皇睡觉时，用假鞭将真鞭换走了。后来秦始皇赶山不动，一气之下把鞭子插在地上，就成了今天的金鞭岩。

金鞭岩，高出峰林之上，与其他山峰迥然不同，三面垂直，突兀挺立。从山脚到山顶，像斧砍刀劈似的，它的顶上生长着几株苍翠的松树。

第二辑 田园垂钓

坚挺的金鞭岩山由红色的二氧化硅石英砂岩组成。阳光下的金鞭岩，固执地袒露着温暖的硬实，金光闪耀，有如一支怒举的金鞭，直指云霄。

一座巨大的山峰紧靠着金鞭岩，巨峰酷似雄鹰，鹰首高昂，凌空展翅，一只翅膀有力地半抱着金鞭岩，气势磅礴。此峰称之为"神鹰护鞭"。有诗曰："名山大川处处有，唯有金鞭奇上奇。"

很快，我们就到了跳鱼潭，这绝对是天然的澡堂。大约一到两米深，透过溪水完全可以看清里面的一块块鹅卵石。一旁横躺着长宽大约两米的方形石墩，红润的石英砂石在溪水里依稀可见。

溪水旁生长着一种被当地人称作楠木的常绿乔木，树干通直，伴着柔细的小枝。溪边坐满了青年男女，有的捧着泉水感受着清凉的慰藉，有的用泉水相互嬉戏着，有的索性脱了袜子，将双脚一齐深入溪水里。见此情景，我们也顾不上形象了，一下跃到就近的溪岩上，也泡起脚来，清凉的溪水刺激着脚下的每个穴位，一番舒坦的感觉直上心头。

半天旅途的疲乏瞬间消逝得无影无踪，我们也相互嬉闹起来，用手捧着溪水相互泼洒着。闲暇之余在溪水里摸了几块红棕、乳白、淡绿色的石头，给带了回来。嬉闹声和溪水潺潺的流动声交融在一起，形成了自然和人齐奏的交响曲调。

游过金鞭溪，我们又尽兴游览了举世闻名的"十里画廊"。这里的景色，可以说是张家界地质地貌鬼斧神工的杰作。该处数百座奇峰拔地而起，夏天似刀枪剑戟直刺蓝天，冬季如玉笋银塔高耸云霄。尤其是那各式各样千姿百态迷人心魂的山峰，就像一幅幅巧夺天工的山水画，犹如电影一般争先恐后从我们眼前流过，叫人如痴如醉。

"天子山"因土家族首领向大坤起义自称"向王天子"而得名。相传，北宋杨家将围剿向王天子曾在天子山安营扎寨。后因战争旷日持久，杨家便在此地繁衍后代，使这里成了"杨家界"。如今，杨家界还保存有《杨氏族谱》和明清时代的杨家祖墓，有"天波府"、"六郎湾"、"七郎湾"、"宗保湾"等地名。属张家界四大核心旅游景点之一。

天子山被称为最美的山，上山有两万八千多个台阶，步行约两个半小时。我们迫不及待地攀登着这一千两百余米的"天子山"。没乘索道上山，一边爬山，一边放眼望去，在四面壁立的山体合围下，这景色很像一座无顶的殿堂，浑圆陡峭，顶天立地。

这里的山峰神态各异。远近山峰有的像身背草篓的"采药老人"，有的像手捧鲜花的"妙龄少女"，有的像"摩天大楼"，有的像"中世纪城堡"。还有那"双峰插云"，像两个尖尖的竹笋；尤其是"一柱独峙"，像一支长长的利剑。

远远眺望，那浓浓漂浮的大雾犹如厚厚的云层，空间变得玄妙，淡淡的白云像游丝编织起来的一张五颜六色的渔网，大大小小的网眼里浸润着直觉的干湿，白云上面是阳光造就的浩瀚，阳光之上的苍穹是沁人心脾的蔚蓝。

来到近处，一座又一座毗连的山峰，既是一种欣赏，也是一份难以阅读的篇章。那松、那石、那山峰、那峡谷，林林总总，形形色色，都在画面中表现出别样的风采。一排排相同走向的山体，仿佛一匹匹身披绿色的骏马，那云海，则酷似那些马群的鼻息。

亲临山中，囫囵的山势标志着整体的磅礴，朦朦胧胧的景物飘忽着折射出光怪陆离的感觉，山峰的腾跃仿佛舞台上孙悟空幽默滑稽的颠扑，山上忽明忽暗，大大小小的色块组合，又仿佛列兵的防护服，于是千山万壑间便如掩藏着无可数计的伏兵。天悠悠，地悠悠，偌大的天子山终于飘至半空，在无以名状的明澈里，因高低的差异，在阳光下闪烁着精灵仙气。

沿路绝妙的风光，伴我们品味着依山而筑的吊脚楼，嵯峨的险峰峭壁、奇松怪石、莽莽翠林。在云雾缭绕之时，透过云彩，看周围山峻峰险、林木幽深，亦梦亦真，若即若离，真乃"人在画中行，情在梦里游"。

乌龙寨地处悬崖孤峰之上，据说过去是土匪占山为王的地方，易守难

第二辑 田园垂钓

攻,要想进寨必须过三道鬼门关,既要钻洞而行,登梯子而上,又要侧身才能穿过崖缝。这里关隘险绝,四面悬崖,仅有一道路上下,地势险要,正所谓"一夫当关,万夫莫开"。见此险峰,我们开玩笑道:看来,做土匪也不容易呀,胖子还过不去呀。湘西的土匪真会选地方啊,神仙住的地方被他们占了,好爽。此地风景独特。

沿途还有不少民俗表演和土家风俗展览,爬山累了,你还可以在唱歌台任意点取一首山歌(情歌)听听。

来到高山上,我们才看清"天波府"的美妙华容。这里有十多座石墙,皆相对平行而立,高矮参差不齐,气势恢宏恰似古代候将相府遗址,此处原是杨家将的"天波府"。我们是手脚并用,战战兢兢地爬上观景台的。站在观景台上,四周眺望,数十座绝壁,交缠错落,参差不齐,场面悲壮,若残垣断垒,令人不由感叹大自然的威力及沧海桑田的变幻。亲临此地,令人很有一种"一览众山小"的感觉。真的,你会感觉群山是那么的渺小,人更渺小。什么功名利禄,什么尘世纷争,通通是笑谈,所有烦恼从此烟消云散。

据说"空中走廊",是整个武陵源景区垂直高度最高的观景台。它的视野也很开阔。早上,云雾缠绕,山中有雾,雾中有树,树中有露珠,很有味道。傍晚,夕阳西下,看群峰笼在金色里,别有一番韵味。因为我们去的时候张家界的温度达到四十度,只感受到太阳公公的热情,所以体会不到这种仙境了。

来到"天下第一桥",才知那高度、跨度和险度均为天下罕见。瀑布自月亮岩奔腾而出,直泻如白练匹落,蔚为壮观。

这里还有一个让人叫绝的奇观,那就是山中有山,洞中有洞;洞中有河,河上泛舟;千年石笋,直插山峰。我们先在洞中游览,后坐船漫游,仿佛进入了人间天堂一般,那绝美景色,真是妙不可言。

黄石寨位于张家界风景区的核心景区,平均海拔一千一百米,总面积十六点五公顷,因相传汉室张良之师黄石公曾居于此地修道而得名,它是张家界大峰林中最大的凌空观景台,是张家界精品旅游景点之一。

黄石寨中的点将台,下面是万丈深渊,对面齐刷刷地屹立着大小九座山峰,像威武勇猛的将军等待着出征的号令,矛戟林立,威武若冰。半山腰一座青山石傲然挺立,陡得连猴子也爬不上去,顶上却搁着个精致的小匣子,传说匣子里装着世上罕见的"天书",因而取名"天书宝匣"。

黄石寨四周皆景,千姿百态,雄伟壮丽。浏览黄石寨,气象万千的大峰林尽收眼底。险峰天下绝,奇树云中翠。这里被世人称之为"放大的盆景,缩小的仙境",故享有"不上黄石寨,枉到张家界"的美誉。环寨皆为平坦舒适的石板游道,总长三千米,漫步其间,如置森林浴中。

张家界归来许久了,但我的心却好似依然留在了那山、那水之中,不能自拔。于是乎,我欣然提笔,写下了《神游张家界》这首发自内心的诗篇:

洞中洞来山中山,
万株"雪松"迎客船。
一帘水滴飞流下,
疑是银珠落玉盘。

采药老人慕御笔,
献花仙女望郎峰。
巧夺天工谁能比?
唯有"十里画廊"美。

奇峰异石入云霞,
绿荫深处猕猴家。
翠竹一滴游人醉,

第二辑 田园垂钓

美哉,世有金鞭峡!

男欢女爱结良缘,
人间"破镜"难重圆。
何如植物"重欢树",
合分又合喜相连。

缆车何如登山好,
一步景色一重天。
不是鬼斧有神功,
仙池"瀑布"飞人间?!

青山悠悠沱水流,
风雨长城吊脚楼。
不见石桥奇梁洞,
哪知仙境在此留?

"金凤凰"韵味

初夏时节,我把在南昌高新区艾溪湖湿地公园游玩的照片发到我的博客上,不想十多年没见面在深圳特区工作的好朋友,看见这些照片后竟然大吃一惊,他简直不敢相信这些照片是真的。在那一片波光粼粼的湖面上,朵朵荷花星星点灯似的铺在一望无际的水面上,显得婀娜多姿。一排垂柳掩映在湖边堤坝上,随风起舞。许多行人在那高大的香樟树下,欢快地行走在人行道上。宽广的绿色草地上,人们三五成群的围坐在一块,在那明媚的阳光下谈笑风生。一束束娇艳的玫瑰花等五颜六色的花儿,争奇斗艳,美轮美奂。这一副江南美景画卷怎么会出现在这个地方?他的这一惊讶不亚于天方夜谭。

说来话长。这是因为,十多年前,他来过一次南昌。记得那年我们汽车还没开到艾溪湖边,在离湖面很远的地方,就闻到了一股臭不可闻的怪味。随着小车越开越近艾溪湖畔,怪味越来越重。大家只好用手紧紧捂着鼻子,以最快的速度穿越过了艾溪湖。一远离艾溪湖,我们才重重地喘了口气。这时好朋友对我说:你真不该带我们走这条路,宁可多绕一些路,也不要让我们见到这死水一潭的荒漠之地。

是呀,虽然只是路过一下,但这种特殊臭味叫谁都会受不了。尤其是我们隔着车窗,不仅目及了艾溪湖水面上飘浮着的油污黑水、死鱼和快要覆盖住整个湖面的那些形形色色的垃圾,还目睹到湖泊四周的荒凉旷野、纵生杂草。

显然,让见识了那一切的好朋友突然间目睹到艾溪湖这么美妙的新面貌,艾溪湖变化如此之大,当然是让他难以置信了。

于是,我发出邀请,让好朋友再来艾溪湖故地重游一次,一定会别有一番滋味,他很爽快地答应了。

这是一个秋高气爽、阳光明媚的下午,我陪同从深圳赶来的好朋友,专程来到艾溪湖畔秋游。小车从新建的雄伟壮观的艾溪湖大桥一驶而过,便到了湖光山色的艾溪湖畔。

一下小车,好朋友便感叹地说:看来,艾溪湖是与过去大不一样了。湖水不但臭味没有了,在这碧波荡漾的湖泊中,感觉还有一股股清香直入

肺腑。

沿着湖边,我们一路欣赏起来。置身湖边垂柳的倒影,宛若走进了杭州西湖一般。那回廊弯曲的小桥,游人如织。那欧式楼台,人们正围坐在那儿谈笑风生。水中莲花虽然没有了,但莲叶却还在那迷人的秋色中摇曳,成群的鸟儿在湖面上空欢快地飞翔。我们还意外地看到,几对新人,在数个景色优美的地方拍摄婚纱照,这更给艾溪湖畔增添了几分醉人的色彩。

好朋友欣喜地说:来到实地这么一瞧,我还真的感觉就像到了人间仙境一般。这里的变化竟会有这么大,我真的是很怀疑,这真是以前我见过的艾溪湖吗?

艾溪湖湿地,位于高新开发区艾溪湖东岸,占地两千五百余亩,北起城东一路、南至北京东路,东起长堤路、西至艾溪湖东堤,与四点五平方公里的艾溪湖相邻。它是南昌市唯一的一块典型城市天然湿地。

艾溪湖湿地公园于二〇〇七年九月开建,在南昌市高新区政府的精心打造中,大气规划每一个景区,精心雕琢每一个景点,公园设施进一步得到完善,全力建设中心广场、高尔夫球练习场、气象科普园、森林博物馆等,把这里打造成鸥鹭齐飞的生态天堂、教育科研的科普基地。

据悉,至今艾溪湖已栽种乔木五万余株,竹子四万余杆,草坪六十万平方米,堆筑岛屿三十余个;规划种植树木一百六十余种,已栽种南酸枣树、苦楝树、蜡梅、紫荆、水杉、湿地松、小钢竹等一百二十余个品种。公园建成后,将与南昌城区中的天香园候鸟公园连为一体,成为鄱阳湖候鸟通道。而艾溪湖四点五平方公里的水面也将与二千五百余亩土地一起构成自然、立体的森林湿地体系,成为继南昌市湾里区梅岭之后的又一个天然绿肺。在这草长莺飞,阳光灿烂的日子游览艾溪湖湿地公园,真是让人爽心悦目,流连忘返。

"回眸一笑百媚生,六宫粉黛无颜色"。是的,如今的艾溪湖湿地公园,水质治理得这么好,环境打造得这么漂亮,真的是很不容易。艾溪湖真的是大变样了。她变得更有风采,更有魅力,更有韵味了。她由过去让人不屑一顾的"丑小鸭",在这短短的几年之间,竟然摇身一变,变成了一只让人百看不厌的"金凤凰"。她变得宛若南昌城东的一颗璀璨明珠,早已成为了南昌市民踏青观赏美景的湿地公园,放松心情的娱乐场所、休闲胜地。

秋游艾溪湖,让我们心旷神怡。这湖水之秀美,这景色之娇艳,让我们如痴似醉,宛若走进了天堂画廊、人间仙境……

"红太阳"升起的地方

火红的五月,在庆祝建党九十周年前夕,我们一行三十多人,踏上了前往湖南韶山、长沙,寻访革命先辈的奋斗足迹,接受革命传统教育的红色之旅。

在这几天的旅程里,大家兴致勃勃地先后参观了毛泽东纪念馆、毛泽东旧居、毛主席铜像广场、爱晚亭等景观。大家既感受到了我国悠久的历史文化,又领略了祖国的山川秀美,更是重温了一代伟人的豪情壮志、丰功伟绩。

我们一行人兴致勃勃,怀揣着景仰伟人的激动心情,来到了毛主席的故乡——韶山。人们向往韶山,是因为这里走出了毛泽东,是因为这里孕育了中国革命,是因为这里曾牵动了亿万万人的信仰和崇敬。

第二辑 田园垂钓

韶山,一个被誉为"红太阳"升起的地方,吸引着千百万游客如潮涌海流般纷至。今天我们来到韶山,瞻仰毛泽东故居,寻访伟人旧迹,流连于毛泽东少年时读过书的南岸,曾经游泳的池塘,耕种过的水田、菜地,参观曾闹过农民运动的毛氏宗祠,感觉当年的情景历历在目,一时顿感思绪万千。韶山是一个美丽的地方;韶山是一个出伟人的地方;韶山是一个人们都景仰的地方。一代伟人毛泽东同志生于斯,长于斯,只有亲身来到韶山,才能真实感受到那山、那水所带给你的震撼。

毛氏宗祠是韶山毛氏家族的总祠堂,始建于一七五八年,一七六三年建成。建筑系砖木结构,青砖青瓦,建筑面积约七百平方米。宗祠大门天头有"毛氏宗祠"四字。大门外两边各立一石鼓。祠堂房屋分为三进。第一进为戏楼。楼阁中部为戏台,可容纳数十人登台演出。楼两侧为化妆室。楼下中部为一小厅。两侧各一厢房,左为庖厨地,右为酒饭舍。第二进为中厅。右廊悬钟,左廊悬鼓。是全族办公、讲约、祭祀和摆酒设宴的地方。第三进是"敦本堂",堂中安放历代祖宗神主牌位。堂左为住宿处,堂右为钱谷、祭器等物的收藏处。

毛主席故居,远望三面环山,一面环水。依山傍水,坐南向北,苍翠映衬,更添万般神秘。走近一看,其实这是一套非常普通的两家合居的湖南民居,"凹"字土木结构建筑,泥砖墙、小青瓦,各室连通,居室、客厅、厨房、米仓,无不古朴而凝重。天井、杂屋、厨房、毛主席父母的卧室以及毛主席的卧室,一一入目。故居里木床、竹椅、瓦罐、锄犁无不活现伟人之少年。那些旧物,书桌、衣柜、石磨、水车,都曾留下过毛主席及其亲人的印迹。这一切,无不让我们触景生情,深深地感受到造就了一代伟人的这片土地的神奇。

置身于毛泽民、毛泽覃兄弟的居室中,想起毛主席一家人为革命献身的伟大壮举,我们的敬仰之情油然而生,激动之心难以平静。在中国人民心中,毛主席故居是神圣的,是情之所存,魂之所依。屋前有片池塘,据说,毛主席小时常游于此,这不禁又想起他"万里长江横渡,极目楚天舒"的胆识与豪迈。

毛泽东青年时代塑像,坐落于韶山火车站正前方约两百米处的山冈上,建成于一九六七年十二月。为永久纪念毛泽东同志十二月二十六日诞辰,塑像总高为十二点二六米,其中像身高六米,基坐高六点二六米。塑像面朝东南,身着长衫,左手撑腰,右手刚劲有力地伸向前方;同时,右脚向前迈开健步。塑像面部神采奕奕,雄姿英发,生动而形象地体现了青年时代毛泽东"指点江山,激扬文字,粪土当年万户侯"的伟大抱负和"欲与天公试比高"的豪迈气概,是一件不可多得的造型艺术珍品。塑像为钢筋混凝土结构。像身用斧剁石作表面装饰,仿花岗岩效果;基座外侧用花岗岩薄片贴面,上部是"白虎涧",下部为"南口红";平台铺大理石,细麻石镶边。塑像远处是巍峨青山,近处,八面红旗映着蓝天迎风招展;塑像四周山坡上,樟、枫、雪松、山茶、蜜橘,成林成行,且呈放射状栽植,线条分明。这里确实是游人瞻仰观光的好地方。

参观了毛泽东纪念馆,倾听讲解,仿佛又将我们带到往日的岁月。当年毛泽东为了推动革命事业的发展,回到故乡积极发动群众。为了中国革命的胜利,毛泽东的六位亲人血洒疆场。一幕幕感人的事迹,给我们留下了深深的烙印。

来到毛主席铜像广场,在这里,我们怀着无限的敬仰、无限的怀念,向在青松翠柏衬托下显得格外气势磅礴的毛泽东铜像深深三鞠躬,向这位建立了人民的共和国,改变了中国命运,影响了整个世界的一代伟人致以崇高的敬意,寄托无限的哀思。

大家伫立于毛主席铜像前,久久地凝望着气宇非凡的毛主席,而他老人家仿佛微笑着向我们走来,一种追怀和敬慕之情一时从我们心底里升起。想起他老人家"孩儿立志出乡关,学不成名誓不还。埋骨何须桑梓地,人生何处不青山"的诗句,领悟到年轻的毛泽东怀着救国救民的豪

情壮志踏上了革命的征程,从此四海为家,为中国革命献出毕生精力和全部智慧。在毛主席铜像前,我们敬献了花篮,表达了我们对他老人家的崇敬之情。

爱晚亭,是当年毛泽东学习和召集青年学者研究革命思想的地方。爱晚亭原名红叶亭,位于岳麓山下清风峡中,亭子坐西向东,三面环山。该亭始建于清代乾隆年间,取杜牧诗句"停车坐爱枫林晚,霜叶红于二月花"之意命名。它与醉翁亭、西湖湖心亭、陶然亭并称中国四大名亭。

亭子古朴典雅,亭形为重檐八柱,琉璃碧瓦,亭角飞翘,自远处观之似凌空欲飞状。内为丹漆圆柱,外檐四石柱为花岗岩,亭中彩绘藻井,东西两面亭楼悬以红底鎏金"爱晚亭"额,是由当时的湖南大学校长李达专函请毛泽东所书手迹而制。

站在爱晚亭上,面朝岳鹿山,大家都感慨万千。在这里,我们抚今追昔,毛主席领导我们党风风雨雨历经坎坷,就是从这里起航,走向了人民当家做主的新中国。在这里,我们真切感受到共和国江山来之不易,人民当家做主的政权来之不易。

没来之前,我们早就听说了滴水洞的传说。说是阳光从叶缝中偷偷溜下,洒落一两点光斑。杜鹃花开,红云簇拥,有风吹来,落一地,点点滴滴,汇聚成溪。于是有了一个好听的名字:滴水洞。洞因水而成名,山因花而美丽。

听导游介绍后,我们才知道滴水洞并不是一个真的山洞。它位于毛泽东铜像以西约四公里处的狭谷中。洞中碧峰翠岭,茂林修竹,山花野草,舞蝶鸣禽,自然景观清雅绝伦。《毛氏族谱》赞之曰:"一钩流水一拳山,虎踞龙盘在此间;灵秀聚钟人莫识,石桥如锁几重关。"

据说,一九五九年六月,毛泽东回到阔别三十二年的故乡,来到了滴水洞口的韶山水库游泳,兴之所至,随口对湖南省委书记周小舟说:小舟,在这个山沟里修几间茅房子,我老了来住一住……于是,才有了滴水洞别墅之建。

滴水洞别墅始建于一九六〇年,房屋建筑形式与北京中南海房屋的结构相近似。一九六六年六月,毛泽东南下视察到韶山,在一号楼住了十一天。他于这年七月八日在武汉写信称此处为"西方的一个山洞"。一九七〇年,由欧阳海英雄连队在别墅后修建了长一百米的防空洞。洞的一侧有防震室、指挥室等军事设施。洞的两端各有厚度近尺,重达几吨的装有自动控制的粗重铁门。滴水洞景区有三大核心部分:以一号楼为中心的别墅系列;西面以毛氏祖坟、虎雕、虎亭、滴水清音为主的虎歇坪景观系列;东面以毛泽东曾祖父母坟、龙泉三叠、奔龙泉池、观音远眺为主的龙头山景观系列。

沿着一条宽三到五米的水泥路逶迤而上,我们走进滴水洞,一边是山,山边崖上有许多声名显赫的人物的题词,字写得很好,刻得也不错,历史也许就是这样演绎出来的吧。只是花烂漫,叶新生,无暇顾及其他,这些字能记起的不多。另一边是水,凭栏望去,几池透彻,一色清碧。几枝花儿垂下,在水面和游鱼相约。观之,一道熟稔的风景从心底漫起:清馨。而这美丽的景致,或许只有在某一瞬间释放时,才会鲜活如初,原色依旧。

滴水洞景观集造化之神秀,萃人文之盛事,因而蜚声海内外,吸引游人如织。著名党史专家冯文彬这样赞誉滴水洞风光:"三湘灵秀地,洞中别有天。"

滴水洞因为一个人居住过而成名。这里房间高而优雅,一张大床,几本书。伟人点一支香烟,书在手中一页一页翻过。孤单落寞处,三十一年游故国,花落时节有文章……

欣赏滴水洞景观,我们心绪流连,久久不愿离去。窗外阳光淡淡,小溪水清可口。

无论是在毛主席故居,在毛泽东铜像广场,在爱晚亭,在滴水洞,还是在长沙市的大街小巷,我们都能深刻了解到,当年革命的火种,星星燎原,

第二辑 田园垂钓

在人们心中留下了不能磨灭的烙印。这革命的火种,历经风雨沧桑,依然经久不息,见证着往昔峥嵘岁月,也照亮了后辈前行的路程。

如今硝烟散去,只留下静静的故居、葱郁的山林,让生活在和平年代的我们去回想起艰苦年代的生死考验、血泪洗礼。一座座历史遗址不仅有其独特的思想教育作用,而且它所代表的人文精神,它的文化色彩、历史风貌以及自然风光,都会对我们产生永久的魅力,给我们留下一笔可贵的精神财富。

这次韶山之行,特殊的环境,特殊的景物,特殊的氛围,一个个基地,一个个传说,都令我们的心灵受到一次次震撼、一阵阵激动,使我们受到了一次深刻的革命传统教育和灵魂的洗礼。

红色之旅虽然结束了,但革命先烈们将永远活在我们心中!韶山革命精神,将在激励我们继续革命的道路上永放光芒!

"市"外桃源

梅子近来还好吧? 一位文友出差前来拜会,因他与才女加美女的梅子在一个城市工作,因而我自然而然地问起了梅子的情况。

你还不知道呀,文友惊讶地说:她家出大事了。

原来,前不久,梅子弟弟开车带了位朋友,不幸在高速公路上追尾一辆大货车。朋友当场死亡,她弟弟也不省人事。经过十多天的抢救,才终于苏醒了过来。

真是天有不测风云,人有旦夕祸福呀。我惊得一时都不知说什么话好:遇此不幸,那可就真是苦了梅子了。

是呀,一个羸弱女子的家中,摊上了这么一场人祸,叫谁谁受得了?

梅子就两姐弟。她有个六岁的儿子,老公在外地工作。文友告诉我:本来这是一个非常幸福的家庭。可现在,一切都完了。

文友接着说:这边,梅子要没日没夜地去医院照顾瘫痪在床的小弟。光这一项,就已经花费十五万元了。这还仅仅是个开头,这个无底洞,还不知需要多少钱来投进去?那边,弟弟的朋友家中,要求赔款三十万元。否则,人不入土。你说,这样大的事情,梅子能挺得过去吗?

遇此大难,但愿梅子能够支撑得住。我感叹一声。

梅子把自己住的那套房子卖了。租了邻居一间小房暂且住下。文友说:白天,她还到公司上班,晚上,就到街头摆地摊了。

文友叹了口气,接着说:如今的梅子,就像换了个人似的,见了我们文友的面,她竟然就好像不认识似的,弄得我们想帮她都帮不了。

唉,人在家中坐,祸从天上来。一场变故,就这样将过去那位美丽、开朗、爱好文学的梅子,彻底地改变了。

记得那年秋天,正是杨梅花儿盛开的季节。在一次笔会上,我结识了一位身着花格子套裙,浑身上下无时不洋溢着勃勃青春气息的少妇,她,就是梅子。

文笔不错的梅子,在一家公司任文秘。由于特别喜好文学,因而在她的业余时间里,还兼职当了一家小报的副刊编辑。

采风期间,我们走进南昌市城区的"市"外桃源——"天香园"参观。文友们一踏入景区,就被那绿水青山、鸟语花香的景致所吸引。虽置身秋季,走进园林深处,大家却如同回归到春天一般。

据介绍,天香园地处南昌青山湖南大道,原名西湖园艺场。该园始建于一九七六年,面积一百一十二亩,现有大小盆景三万余盆,培养花卉、苗

木二点六万余株,是江西省规模最大的赣派盆景基地和花卉基地。多年来,该园广植林木,培育花草,保持了良好的自然环境,吸引了大批鸟禽,被称为"鸟类的天堂"。

园内还建有茶艺馆、金佛堂、云泉书画室等仿古建筑。天香园内树木掩映,绿草如茵,花香满园,不愧为南昌的"市"外桃源。

天香园前门,在那十六米高的朱拱珐琅彩绘大门正面上方,是中国当代书圣启功的亲笔镏金大字"天香园"。反面为其胞弟启儒的真迹,非同凡响,气势逼人。

现今的天香园园区占地一千一百五十亩,园内湿地、湖泊、原始沼泽连通成片。经联合国教科文组织专家考察后指出,这里鸟类之多、密度之大、之美和与人之近,堪称世界城市第一。

在天香园内畅游,那生机盎然的候鸟,一下子就将我们大家倾倒。园内林荫小径上,孔雀、鸵鸟、珍珠鸟、富贵鸽等珍禽异鸟数百羽,自然放养,争奇斗妍,令人观赏逗趣,目不暇接。

天香园优越的"城市绿洲",吸引了夏候鸟,如夜鹭、白鹭、中白鹭、牛背鹭、池鹭等水鸟迁来筑巢繁殖。据统计鸟类数量达十八万余羽、野生鸟群达三十二个品种。

天香园中的鹭鸟不仅数量多,而且"神奇"。鹭鸟是一种季节性很强的迁徙性候鸟,一般都是四五月来赣,十月南飞。但这些夏来冬去的鹭鸟近几年来却一反常态,从"游客"变成"常客",有些候鸟,已成为"定居"的留鸟,这在大都市也实属罕见。即使在冬天,也赖在这里不走,不肯南飞,俨然成为这里的主人了。

我们来时已是秋季,但见那郁郁葱葱的天香园内,依旧栖满了鹭鸟。白鹭越冬不南下,成为一大奇观。如今,天香园已成为与"滕阁秋风"(滕王阁)等景观齐名的,南昌"都市候鸟"这一城市品牌的"新豫章十景"之一。"两个黄鹂鸣翠柳,一行白鹭上青天。"古人对白鹭的赞美,早已成为中国人心目中诗情画意的一部分。白鹭天生丽质，身体修长，有很细长的腿及脖子，嘴也很长，脚趾也是如此，全身披着洁白如雪的羽毛，犹如一位高贵的白雪公主。

据悉，在繁殖期的时候，这里鸟类的爱巢可不少。最多的时候一棵樟树竟有二百六十多个巢，把整棵樟树压得弯弯的。

家有梧桐树，自有凤凰来。这里的候鸟林不但吸引了国内众多游客，还引起了世界的关注。从一九九八年开始，江西省把天香园作为一个候鸟考察基地，欧盟也连续几年派专家在天香园进行监测。二〇〇〇年，天香园被欧盟组织确定为"城市候鸟生态环境研究基地"和"中国—欧盟科技合作生态鸟类研究基地"。

近年来，南昌市将天香园的发展纳入城市总体规划后，投资了一亿元，又将天香园扩大了一千亩，建成了世界上最大的城市候鸟景区。

天香园中大部分地段种植的是杉木、椰榆、柘树、构骨等乔木品种，形成了草、灌、乔相结合的半天然、半人工的植物群落，并为鸟类栖息提供了良好的生存环境，天香园内的植物群落和鸟类已融为独特的"鸟类、城市、生态"体系，宛如自然天成。

我们还到了天香园内的江西民宅艺术馆，这里以江西民宅艺术为底蕴，集园艺、禅佛、鸟趣、书法、茶艺于一体的民宅艺术馆，被专家誉为"文化生态的乐园"。

天香园又称"盆景之国"，目前有大小盆景两万余盆。其中不乏极品之作，多次荣获全国及世界各种奖项。这些精美的盆景，形成了一种独特的赣派盆景风格：自然、粗犷、古朴、优雅。最令人拍手称绝的是那六千株树桩盆景，它们大多是树龄在一百至九百年间的森林古树，可谓世界罕见，中国之最。天香园在中国一九九九年昆明世界园艺博览会展出的盆景——"高望"，荣获博览会组织委员会颁发的铜奖。在二〇〇一年九月举行的第五届中国花卉博览会上，由天香园培植的赤楠盆景"老当益壮"

第二辑
田园垂钓

荣获博览会银奖。在二〇〇二年夏秋之际江西省首次花博会上天香园的盆景更一举获得特别贡献奖、金奖、银奖、特殊奖等三十二个奖项。

余苑是天香园的"园中之园",我们还未进苑便先听到轰隆的滔滔水声,这正是余苑的点睛之作——飞瀑。此瀑高十二米,宽七十米,这是江西省最大的人工瀑布景观。

余苑以瀑为屏、东居佛、西筑亭,佛为六吨重笑面迎客佛,亭为天地双亭。两亭比肩而立,亭角相携,其中寓意是:天地和谐、风调雨顺。

此苑斜对面是曲回长廊,依水而筑古意深醇,蜿蜒至处是民居小楼,数十栋各种明清风格的江南小楼,散落在森幽的古树林中。我在默想,若能约上三五知己对酌品茗,小憩抒怀,这实在是一件不可多得的畅快之事。

明清楼是一座从里至外仿明清风格的二层楼群,专司宾朋贵友宴饮。楼内各厅,景象各异,各不相同。其中镇楼之宝要数黑木雕九龙屏风,屏风高二点六米,展开宽六米。细看上去,九龙腾云栩栩如生。据悉,这黑木雕九龙屏风全部取材红木极品黑檀,由几十位木艺高人历时半年方才刻成,价值百万之巨,令人叹为观止。

天香茶艺馆,白墙黑瓦淳朴敦实,馆的匾额为中国著名书画大师李延声所题。与众不同的是,馆内全部用硕大的古树桩作为座椅茶桌,别具精致,正上方供奉茶圣陆羽香樟雕像。这里花格摇窗,斑竹疏影,随风摇曳。难怪中国花卉协会名誉主席陈主席在此品茗后连连称道:"静、香、美俱佳。"

"天香园"一别,我接连在"作家网站"上,看到了梅子那颗跳动的心。

……迟去的虫儿,因为留恋夏日的爱情,停在湖的手心,甘愿变成凉风里的标本……《情裳天香园》

一幌几个月很快就这样过去了。在这几个月里，我天天在盼望着梅子二字出现。可在"作家网站"中，从此不再有梅子那如诉如歌的美文。

为了寻找失踪了的梅子，我考虑再三，鼓足勇气，还是打了一下梅子的电话。电话却打不通，机号已改。奇怪了，她改机号了怎么也不给我打个招呼呢？至今，谜底终于揭开了。

这个时候，人最需要的是友情。我真想与梅子交流一次。不能眼睁睁地看着梅子就这样消沉下去，哪怕听听她的声音，给她一点点安慰都行。然而，电话不通了，拿什么与她联系呢？看得出来，她可是有意要与外界断绝一切联系的了。

哦，对了，那次去她那儿时，我清楚地记得，她是给了我一个Email地址的。当我好不容易找到那张写有梅子Email地址的小纸条时，却也意外地找到了她那条天天围在颈上的黄、蓝相间的花格子丝绸围巾。这条围巾当时她忘在车上了，却让我幸福地收获了这份珍贵的礼物。

我手抚这条还留有梅子体香的围巾，思绪万千：围巾呀围巾，这么多年来，你承载了主人多少欢笑？如今，当主人遭遇不幸正在受难之际，你应该回到主人身边去，和她一起共命运，同甘苦。去吧，去吧，我可爱的围巾，给她送上你的一些温暖，带上我的安慰和祝福。

现在唯一能与梅子联系上的，可能就只有她的邮箱了。可她人都这样子了，还会有兴趣看邮箱吗？

梅子：你好！月有阴晴圆缺，人有旦夕祸福。人这一辈子不如意事，十之八九。送你一首歌——《朋友别哭》：有没有一扇窗，能让你不绝望？……有没有一种爱，能让你不受伤？……朋友别哭，我一直在你心灵最深处；朋友别哭，我陪你就不孤独……围巾，还给你。见围巾，如见俊华。

你的朋友俊华

第二辑 田园垂钓

那是一个星星点灯的晚上。我无意中打开邮箱，却意外地收到了梅子的来函：

　　俊华：你好！谢谢你收留了我的围巾这么久，你的心意收到。在我人生处于最低谷的时刻，是你，给了我最大的安慰。过去的我，不复存在。找来《朋友别哭》这首歌，我听了无数遍。谢谢你的歌，我不会再哭了。这些日子来，是它给了我勇气和力量，教会了我坚强，更让我懂得了：人伫立在寒冷的时光时，看到花儿的逐渐盛开，便知，春不再是遥远了，它已随着风的姿势而来了……

你的朋友梅子

看到梅子的来函，我终于放下重负，心已释然。人生遇到了这么大的打击，梅子尚能勇敢面对，顽强地挺了过来。可喜可贺！我不禁在心中为梅子祈祷：让阴霾的日子随风飘去，让新的生活从此起航吧。

我在邮件中对梅子说，前面的风雨之路还很漫长，梅子，让我与你同行吧。

我似乎已经看到，在某个笔会上，一位更加活泼可爱而又富有才情、浑身散发着阵阵馨香的梅子，正春风满面地向文友们走来……

经历过这件事，让我深深地感到：朋友，是人生道路上的一盏明灯。在你最无助、最彷徨的时候，朋友给你安慰、帮助和光明，这种精神力量比什么都重要。人生难得有几个真正的朋友，也正因有了一位这样的朋友，我们的人生旅程就算遇到了再大的难题，都不会孤单，不会害怕，才会有前行的勇气、动力和希望。

"醉" 在漓江

　　"我想去桂林呀,我想去桂林,可是有时间的时候我却没有钱;我想去桂林呀,我想去桂林,可是有了钱的时候我却没时间……"这首在我心中足足唱了十几年的老歌,待我五十二岁退居二线,又有时间又有钱之际,终于被提上了议事日程。

　　第一天晚上七点从南昌出发。坐了一整夜的大客车,早上五点到达桂林。在路旁加油站洗漱、早餐后,就开始了第二天上午在桂林市内游览公园及街景的行程。

　　第三天是这次旅游的重头戏——游漓江。早上六点起床,我们登上了一条游船。为了留下这一美好瞬间,我专门借了部小型摄像机,像个年轻人似的,一会儿赶到船头摄像,一会儿跑到船尾摄影。我乐悠悠的东边、西边来回穿梭,生怕漏掉任何一个美丽景色。

　　当然,我是不会放过导游沿途边游边对我们声情并茂的讲解的。漓江是怎么来的? 导游说:桂林漓江源于南岭山脉越城岭的主峰猫儿山上的八角田铁杉林。铁杉树下腐叶地层中冒出的水珠汇成小溪,小溪汇成小河,小河在猫儿山下汇成漓江三源。主源在当地先后称乌龟江、潘家寨江、六峒河、华江、大溶江,在兴安县溶江镇与灵渠南渠渠水汇合后始称漓江。漓江流经灵川县、桂林城区、阳朔县、平乐县,从平乐县恭城河口以下改称桂江。桂江流经贺州市所属的昭平县,在梧州市鸳鸯江口与浔江交汇后称西江。西江是珠江的主干流,珠江入南海。漓江从猫儿山流至梧

第二辑
田园垂钓

州,全长四百二十六公里,属于珠江水系。其中从兴安县溶江镇至平乐县恭城河口段长一百六十公里,从桂林城区至阳朔县城段长八十三公里。

面对漓江碧波荡漾的水面,导游说:漓江是国家4A级景区,又是国家文明示范风景区。漓江水清澈透明,为国家标准二级水,这在我国流经城市的内河中已是最好的水质标准。

在漓江百里画廊中,绿水、青山、翠竹、倒影构成了一个个绿色世界,展现出以绿为魂、以水为魄的大自然生态美。而烟雨、晴岚、月光、彩霞更使漓江妙似梦幻仙境。在漓江的绿色画卷中,时而化入水牛牧歌、鸬鹚渔火,时而引发戏水顽童、走婚嫁娘,这一幅幅天人合一的田园诗画,展现出漓江水文化最高境界的韵味之美。

游船驶离码头约半小时后抵达黄牛峡。我们看到,状如迎宾蝙蝠的绝壁在这里展翅截流,形成了一个连绵数里的雄奇江峡。导游说:明代伟大的地理学家徐霞客认为,长江天险赤壁、彩矶与它相比,也"顿失其壮丽矣"。黄牛峡内有景"仙蝠迎宾"、"草原姑娘"、"群龙戏水";黄牛峡后有景"望夫石"、"珍珠泪泉"。

导游继续解释说:"仙蝠迎宾"由正面凌江相连的象形绝壁组成,绝壁是因崩塌造成的岩溶现象所致。"草原姑娘"是江石半山上的一块象形巧石,一眼看去,宛如草原姑娘骑上了骏马。"群龙戏水"由于江右凌水绝壁上的数组趋光生长的石钟乳组成,看上去俨然一组群龙戏水的立体彩塑。趋光生长的石钟乳是因石上附生的藻类、苔藓、真菌、细菌等生物具有趋光性,导致石钟乳中渗出的含有钙离子与碳酸根的水溶液,沿着石钟乳向光的侧面渗流沉积、加速结晶,最终导致洞外及洞口的石钟乳趋光倾斜生长,形象像龙、像覆莲座、像大彩塑,为漓江百里画廊增添了一处处亮丽的风景线。

望夫山距黄牛峡数公里,山顶右下方约十米处有雨神石,形如丈夫远望,半山丘岭上一巧石为他的妻子春风仙子,她怀抱婴儿桂花仙子,正深情地凝望着雨神石。正所谓"江头望夫处,化石宛成形。离魂悲杜宇,积恨感湘灵(清·李秉礼)"。

前面一块硕大的石灰岩由远而近,映入我们的眼帘。听导游说,传说当年是雨神与春风仙子祭起溶蚀、侵蚀、风化等法宝,将桂林的石灰岩精心雕琢成千姿百态的峰丛、峰林美景。为了造就甲天下的生态山水,雨神又在漓江河谷兴云布雾、织造烟雨;而春风仙子则开始为漓江植树铺草、绿化田园。当时桂林是热带气候,天气非常炎热。完工之时,雨神已耗尽了全身的精力,他欣慰地望了一眼为后人留下的绿色世界,仰天长啸:"桂林山水甲天下!"话刚落音,就化成了一尊石人。闻声赶来的春风仙子悲痛欲绝,她望着山顶的丈夫哭啊哭啊,哭声惊天动地,泪水化成了附近的珍珠泪泉。但听"嘭"的一声惊雷,她也化成了一块石头。

顺江而下,我们看到草坪一带水曲峰奇、莲峰翠屏。江右一巨大的峭壁使人想起舞台帷幔,得名帷幕山,它象征着漓江美景的帷幕从草坪这儿升起。其后数座青峰似碧莲含苞,享誉"莲花群";江左冠岩因山峰形似古代紫金冠而得名,誉为"漓江的明珠"。

导游介绍说:游客如在岩内不仅可以欣赏丰富的钟乳石,还可以乘坐敞篷电车、观光电梯,在暗河荡舟探险、赏瀑听涛。其地下河伏流十二公里,水洞口镌有李宗仁手书的"光岩"二字。

赏毕天然崖画"鸬鹚互吻"、"绣山彩绘"、"张果老倒骑千里马"等景色,我们又来到冠岩景区的乡吧岛。岛上的相思林下,有佤族、摩梭族风情表演与现代雕塑、陶塑、果园,还有划龙船等游乐活动。

一般的渡口都是横渡,可乡吧岛旁的漓江却有一个半边渡,它把乘客从江右一块巨大的绝壁一侧渡到另一侧,形成反常的直渡渡口。在半边渡前十多米或后数十米处往回望,但见一穿岩洞穿过高山,仿佛一轮明月高悬天空,誉为"桃源赏月",据说,这就是东汉伏波将军马援"一箭穿三山"射穿的第三座大山。

船过猫头鹰山、海豹山,可见左岸小山顶上有一个巧妙小景"石人推磨"。据说,原先每当石人推磨时,磨眼中冒出的旋风会把树木、山石卷进仙磨中去,给对岸桃源村磨出维持生计的白米与铜钱。几年过去,树木越来越少,石山越来越难看。磨中磨出的黑水发出阵阵恶臭,简直把漓江染成清浊分明的"鸳鸯江"了。随后,桃源村许多人得了怪病。桃源村人对秃山黑水与怪病越来越不安。终于有一天,他们填塞了磨眼,使石磨不能再转,黑水不能再生,这里的人们决心不再依靠施舍,而是用自己勤劳的双手去建设美好家园。一代又一代人过去了,桃源村终于又现桃李芬芳,水碧山青。怪病消失了,健康长寿的人们还用辛勤的汗水栽培出了沿江的翠竹林及山一样大的竹笋王。

船过竹笋山,进入了杨堤景区,迎来了漓江五大美景:杨堤飞瀑、浪石烟雨、九马画山、黄布倒影、兴坪佳境。

杨堤镇因附近一峰形似羊蹄,取"羊蹄"的桂林话谐音"杨堤"而得名。杨堤一带,风光旖旎,青山环峙、翠竹若屏。在右岸的山涛云海中,一座剑峰排浪而起、傲凌九霄。夕阳西沉,乘坐返航船至此,又见峰后天际泛起一片青光,由浅入黛、光炫色匀,碧空剑影、惹人心醉。因附近有锣鼓滩,此山又名鼓棍峰;如将箭峰看成高翘的公鸡尾巴,其左侧的山坡与土岭则是鸡身与鸡头。再将远处白虎山水帘洞流出来的喷泉式瀑布想象成白米,这就合成了"金鸡啄米"奇观。

白虎山瀑布是漓江最大的瀑布。每逢大雨之后,十多股水浪从山坡上四散飞溅、呼啸轰鸣,故有"虎山喷泉"之誉。白虎山对面是月光岛度假村,岛上建有干栏式木楼多座。此岛是冬季水浅时游客游览漓江上、下船的码头。

过杨堤码头,迎面一块凌江峭壁的形状,宛如一条头右尾左的大鲤鱼,鱼肚内还有一条头向左的小黄鱼,大鲤鱼尾巴上有一只头向上的白色乌龟。此景得名"鲤鱼挂壁"或"大鱼吃小鱼"、"王八挂壁"。有鱼之处就有猫,在江左山崖上,那白色的斑纹俨然是一只竖尾的三眼小猫。若将右边两只眼睛看成它的双眼,这只猫正凝视着对岸的鲤鱼;如果将左边的两只眼睛看成猫眼,这只猫正扭头右望。

二郎峡外是下龙村。这里既有"老人坐鸡"峰、鱼尾峰、冲天峰、摩天岭、仙女峰等奇峰,又有"鲶鱼嘴"、"乌龟爬山"、"青蛙跳江"、"画家数九马"等巧石。据说,美国前总统尼克松访问我国时,曾在这儿发现了一处"金字塔"景点。为下龙村增添了一处新景,要说起来这也是尼克松一件功不可没的事情。

"看马郎,看马郎,问你神马有几双?看出七匹中榜眼,能看九匹状元郎。"画山高四百一十六米,临江绝壁上白色的斑印恍似天然骏马图。山崖峭壁上,沿渗水带生长的藻类等低等生物死亡、钙化而形成了颜色不同、深浅有别的山崖色带,正是这些生物颜料与岩石所含的各类矿物质本色,画出了姿态各异、名扬天下的"画山九马"以及杨堤的"鲤鱼挂壁"、草坪的"绣山彩绘"、"张果老倒骑千里马"等漓江崖画。

画山与黄布滩区间,凤尾竹连天接云,嫩得出水、翠得含情,就像是一条翡翠屏风镶嵌在绿水青山之间。景区内经常可以看见绿洲上优哉游哉的水牯牛,如果遇到忽远忽近的白鹭或是雨后飞天的彩虹,更是满江欢声满船乐,整条江变成了一首由绿与水、江景与激情合成的生态乐园梦幻曲。

画山与黄布滩区间,还有山好似海豹出水、狗熊观天、孔雀开屏与眼凹腹拱的大猩猩,有石像"猴子捧西瓜"与"宫娥抱太子",峭壁上的天然彩画使人想起"落后马"、"蚂蟥印"与"怪兽回头"。江左竹林,据说是电影《刘三姐》拍摄处旧址,江右一小岛则拍摄过电影《少林小子》。每到晚秋,岛上红叶似火,灿若明霞,吸引着一批批心花怒放的摄影家前来抢景。

漓江最著名的山是画山,最美的景是黄布倒影。黄布滩因江底一黄色的石板似黄布铺在江底而得名。蓝天白云下,山似玉笋瑶簪,峰像青髻

第二辑 田园垂钓

061

螺黛,黄布滩附近的漓江波平似镜,水中镜影格外的美丽、清晰,誉为"黄布倒影"。每当竹排、渔舟破镜入画,黄布滩附近的倒影就形成了"分明看见青山顶,船就在青山顶上行"(清·袁枚)的诗情画意。此外,黄布滩"七仙女"、玉簪石、手套山等景观,也令人叫绝不已。

我们看到,兴坪景区的翠竹、倒影及绿水青山构成了漓江压轴的美景高潮。兴坪境内既有"骆驼过江"、"和尚晒肚"、朝笋山、僧尼山、白虎山、螺蛳山、"美女照镜"、鲤鱼山等美景,还有岩溶奇观莲花洞。据说,洞内有一〇八个罕见的莲花盆。雨后初晴,白色的带状岚气亲吻着兴坪的群峰;月上东山,鸬鹚捕鱼的鸟排来无踪、去无影,更是给在江边篝火烧烤的中外旅游者,增添了无穷的乐趣。

"牛悠悠,草绿绿,妙哉小丫牵牛鼻;牛欢欢,水凉凉,怪哉牯牛浮大江!"从兴坪回望江心,一个美丽绿洲如翡翠镶嵌在画屏中央,洲上常见悠然自得的水牛群像。当江风中偶尔传来一声牛犊呼唤母牛的嗷叫,当看见庞大的水牛居然像鸭子一样浮在江中,嘴巴一磨一磨地品味着绿色的丝草之际,怎能不让人们感到一种回归大自然的野趣?原来,新版二十元人民币背面所印的漓江山水也正是从这个角度逆水取的景。

导游说:兴坪古镇拥有一千七百四十年的历史。三国时,它是吴国末帝孙皓(二六四—二六五年在位)统治下的熙平县城,至今仍留有大量的古迹及人文景观:如明代的腾蛟庵、孙中山及美国前总统克林顿拜访过的赵氏渔村、"洋愚公"日本友人林克之先生出资并亲身参加劳动修建的中日友好亭等。

从渔村回望,峰林绿海间一条鲤鱼跃过天门,构成了最后一个石山奇景"龙门凌霄"。在经过近两小时的非岩溶地貌景区航行,我们最后抵达目的地阳朔县城。

漂流漓江,沿途风景美不胜收。漓江之美,真是名不虚传。站在阳朔码头,我们久久不愿离去。回首瞻望,漓水两侧寿星峰与龙头山双峰锁江,江左东岭后一列奇峰,其间可赏"古榕藏猫"、"东岭朝霞"、"飞凤朝阳"、"文峰桌笔"等景,让人流连忘返。

导游说,碧莲峰山腰山水园是 3A 级景区,除迎江阁外,园内还有鉴山楼及南厄古道旁的大量石刻。石刻中有宋代名相李纲、近代的吴迈、现代郭沫若等人的题诗,但著名的要数绝壁上清代王元仁手书的"寿"字。该字内含"一带山河,少年努力"八个小字;细看,可以看出十四个字:"一带山河甲天下,少年努力举世才";如果会看,甚至可以揣摩出十六个,甚至更多的字。

如此一说,几乎又把我们的心弦给紧紧地扣住了。然而,这倒也没有什么可惜的。古诗说,"桂林山水甲天下,阳朔堪称甲桂林。群峰倒影山浮水,无水无山不入神。"是的,因为我们有理由相信,好戏还在后头。有奇峰两万多座、河流十七条,誉为"中国旅游第一县",被国外称作"一座温馨的小城"的阳朔风景区精彩的景色,正翘首以盼的在等待着我们欣然前往呢……

赏景已毕,心潮起伏:虚度五旬,不枉此行。岁月似黛,山河如屏。漓江一游,圆梦桂林。

穿越千年古镇

都说乌镇是个美丽的水乡,我曾默默许愿:乌镇,总有一天我会专程为你而来。直到退休以后,我才有时间只身前往乌镇,开始了梦寐以求为

期三天的旅行。

当我站在乌镇的客店,推开木窗,但见河水、小桥、摆渡尽入眼帘。清晨的乌镇,到处绿意盎然。清晨的阳光如暗香浮动的光影,将我抛进了一个飘忽游离的世界。

乌镇,是江南水乡六大古镇之一,曾名五墩和青墩,位于京杭大运河西侧。是浙江的一个水乡古镇,也是一代文豪茅盾先生的故乡。据对谭家湾古文化遗址的考证表明,大约在六千年前,乌镇的先民就在这一带繁衍生息了。那一时期,属于新石器时代的马家浜文化。唐时,乌镇就隶属苏州府。唐咸通十三年(八七二)的《索靖明王庙碑》首次出现"乌镇"的称呼。乌镇称"镇"的历史可能从此开始,距今已有一千两百多年了。京杭运河穿镇而过,历史上曾以河为界分为乌、青两镇。河西为乌镇隶属于湖州府乌程县,河东为青镇隶属于嘉兴府桐乡县,直至一九五〇年乌青两镇才正式合并,统称为乌镇,属桐乡县,隶嘉兴,至今。

古镇虽历经两千多年沧桑,但古韵犹存,东西南北四条老街呈"十"字交叉,构成双棋盘式河街平行、水陆相邻的古镇格局。秀美的水乡风貌、风味独特的美食佳肴、深厚的人文积淀展示出一副迷人的历史画卷。

关于"乌镇"一词的由来,还有一个典故。据说在唐宪宗元和年间,浙江刺史李琦妄想割据称王,举兵叛乱,朝廷命乌赞将军率兵讨伐。乌将军武艺高强,英勇善战,打得叛军节节败退。李琦突然在市河河畔挂牌休战,正当乌将军就地扎营伺机再战时,李琦却于当日深夜偷袭营地。乌将军仓促应战,最后连人带马跌入李琦设下的陷阱,被叛军乱箭射死。虽说仗是打输了,但是乌赞将军那种正直、忠诚、爱国的精神,让老百姓十分钦佩。大家为了纪念他,就把镇名以他的姓氏为名,改称"乌镇"。

乌镇景区分为东栅景区和西栅景区两个部分。上午参观东栅景区。前面有条小河名为东市河,水深有三米,是活水,连通京杭运河。河对岸的古民居里现在还有老百姓在居住,所以乌镇是一个真正的活着的水乡古镇。

在这边不远处可以看到一座非常有特色的石板桥——逢源双桥。跟一个成语结合起来就是说左右逢源的意思。还可以看到在这座桥上面有一个廊棚，所以也称为廊桥，桥的下面还有一排水栅栏，在古时候这排水栅栏相当于一座水城门的作用。

过桥以后，首先看到的是财神湾，原先这不叫财神湾，而叫转船湾，乌镇的水系比较特殊，呈"十"字形，越到栅头河道越窄，船只也不易掉头，所以当地人就在这儿开塘挖河造了一个能转船的地方，同时为了区别于其他地方的转船湾，便借用前面的财神堂命名为财神湾。回过头可以看到的是一家叫"香山堂"的老药店，它的规模虽然小于杭州的胡庆馀堂，但也有一百二十多年的历史了。它是由宁波药商陆庆馀创建的，并由他的孙子陆渠清将药店搬到这里。

走过一条古老的全长有一千三百多米由旧石板铺就的街道，我们参观了江南百床馆。顾名思义就是从江浙一带收集过来的各式各样的古床。第一张床是这个展览馆当中年代最久的一张床：马蹄足大笔管式架子床，至少有四百年历史了，明式家具简洁大方，用料讲究，整张床都是用黄桦木所做的。里面还有一张是百床馆中的镇馆之宝，据说这床叫拔步千工床，若按一天一工计算的话，一千工就是指一个木匠需要做一千天，也就是三年时间了。雕刻之精致真可谓之巧夺天工。此床共雕刻了一百零六个人物，古时以一百零八为吉祥数字，而且此床为新婚床，加上一对新婚夫妻刚巧凑足一百零八，亦是吉祥如意的象征了，此床占地面积达六个多平方米，共有四进深，第一进是换鞋处，第二进是更衣室，第三进是放马桶箱的，在古代称它为子孙桶，就是现在家里的卫生间了。最后一进是主人睡觉休息时所用的，设备齐全相当于现在的套房。

再往里走，看到的是三张风格一样的床，属于中西合璧的，在床两边还有两个罗马柱是西式的，在床挂落上有牡丹花，牡丹花在中国的古代是

国花代表富贵,还有葡萄和双喜,葡萄是多子多孙、多子多福;双喜是中国人结婚时用的代表喜庆。也就是说这床也是当时结婚时所用的喜床,这床是民国初留下来的,材料是红木做成的。这边两张小姐床,有"双手要捞天边月,一石击破心底天"两行字。在这张床上还雕刻了蝙蝠和狮子图案,蝙蝠代表了多福,威武的狮子有避邪的意思。

百床馆里还有岁俗厅,这是当地人每年正月初五接财神的地方,中间桌子上摆放的都是接财神所需的供品。此外,还有节俗厅,中间是斋月堂。每逢八月十五中秋节,当地人都要祭拜月神,祈求全家子孙团圆。接下来到了一个比较喜庆展厅了。据悉这是乌镇人以前结婚举行仪式的地方,尤其展现了早年间新婚夫妻拜天地的情景。中间是个喜堂,供奉了送子观音像,观音前面所放的是:红枣、花生、桂圆和荔枝,象征着早生贵子。最后一个展厅就是寿俗厅了,由于中国人的传统观念比较强,祝寿讲究做九不做十,也就是说逢九做寿比较隆重。六十大寿是在五十九岁时做的,中间桌子上摆放的是做寿用到的东西,三尺三的长寿面,取其长长久久之意,还有乌镇特色糕点定胜糕。正堂中供奉了福、禄、寿三星,两旁分别挂有百福、百寿图和麻姑献寿图等。

穿过传统居民区,便来到了乌镇的传统作坊区。乌镇特产很多,除杭白菊、姑嫂饼外,还有三白酒也是其中之一。古时民间的作坊大都以前店后坊的格局布置。乌镇的三白酒历史悠久,早在朱元璋登基做皇帝时,就有浙江的官员把三白酒进献给朱元璋。他喝过之后大加赞赏,封为贡酒。从此制作三白酒的作坊就开始兴旺发达起来。

走进蓝印花布作坊,先是一扇古老的木门,然后是一个天井,这是晾布匹的地方。蓝印花布始于后晋,发展于宋元,鼎盛于明清。旧时,乌镇一带染坊遍布,最多时有十几家之多。可见当时印染业在乌镇是非常兴旺的。再看看旁边的橱窗中,陈列了不少明清时的衣服、布料、蚊帐、头巾等物品,还有一些加入现代工艺的制品"清明上河图"、"世纪上海"等。

看过展厅、上浆和拷花工艺所在地,我们走进染坊。一般蓝印花布要经过反复印染七八次之多。最后再把浆刮掉,有浆的地方是白颜色的,而其他地方就是蓝颜色的了。在染窑中央有一根毛竹是空心的,就是烟囱。染坊中,柱子、烟囱上都贴着一张红纸,就是吉祥如意纸,上面绘着梅葛二仙的画像。相传这蓝印花布是他们发明的,所以旧的江南,几乎每家染坊都供着葛洪、梅福画像,奉他们为行业的祖师爷。

　　走过仁义桥,各式各样的民间传统工艺作坊就会映入眼帘。其中的姑嫂饼作坊就很有特色,它是乌镇的传统名点,据考察,已经有一百多年的历史了。姑嫂饼味道鲜美,油而不腻,酥而不散,又香又糯,甜中带咸。这种充满乡土气息的糕点物美价廉,是馈赠亲友的最佳礼品。有一首民谣这样赞美姑嫂饼:姑嫂一条心,同做小酥饼。白糖加焦盐,又糯又香甜。

　　走进一家木雕坊,里面木雕师傅正现场雕刻。东阳木雕名声远播,为浙江的三雕之一,一件件精美的木雕作品伴随着淡淡的木香,给人一种传统、朴素的美。再看这儿的竹器坊,制作的都是老百姓家里常用的一些居家用品和小工艺品,有竹篮子、针线箩、杯垫、首饰盒、斗笠等,样式质朴清新。

　　在回味坊的旁边就是竹艺斋了,浙江盛产竹子,这边的竹刻和竹根雕都是师傅根据竹子本身特点因材制宜,精心设计而成的,所以每一件作品都是独一无二的。这里还有很多折射民间文化璀璨光芒的各式作坊,如真丝手绘的作坊、制作铜器的作坊,还有工艺车木和磨制梳子的作坊等。

　　从江南木雕馆出来,走过天井看到百花厅院落。长窗、牛腿、挑头、垂柱、月梁等,到处是精美的花纹。廊前的牛腿上是圆雕的明暗八仙。垂柱上的莲花、牡丹、芍药、菊花及四只花篮更是美轮美奂,可谓是木雕工艺中的精品。厅中陈列的是一根巨大的捎梁。原是一祠堂中的旧物,用一根四米多长的香樟木雕刻而成,所刻图案是郭子仪拜寿时的全家福。郭子仪是唐玄宗时的大将,曾率兵平定了"安史之乱"。

走过东大街,我们参观的是被誉为"江南有钱人"的余榴梁先生的钱币馆。余榴梁一九四二年出生于乌镇,现居上海,四十年中他收藏了世界两百三十多个国家和地区的钱币两万五千多种,其中金属币两万一千多种,纸币三千多种,花钱一千一百多种,他的家犹如一座"万国银行"。余先生与钱币结下如此深厚的渊源,其实与他当时所学的专业有很大关系。一九六〇年当时十八岁的他进入了上海江南造船厂,在厂内开办的铸造专业技校学习后,他便渐渐对钱币收藏产生了深厚的兴趣,在以后四十年的收藏生涯中,他的货币总价值达三百六十多万元,因此亦被称为"江南有钱人"。他不仅收藏钱币而且也研究钱币,成了钱币收藏界的佼佼者,被评为"全国十佳收藏家"之一。

乌镇名人很多,茅盾先生当属首位。他的故居正坐落于镇中心。茅盾故居是由两个部分组成的,一个是立志书院,另一个就是故居了。茅盾是我国现代文学史上杰出的作家、文艺理论家、文学翻译家。他以创造进步文化为己任,辛勤笔耕六十余年,为祖国留下了一千多万字的不朽作品。作为一名文学工作者,茅盾先生为我国现代文学的繁荣做出了卓越贡献。新中国成立后,他被任命为文化部部长。矛盾一八九六年七月四日出生在乌镇,原名沈德鸿,字雁冰,小名燕昌。少年时期的茅盾是一个勤奋好学的学生,而且尤善作文。五岁时,母亲就开始教授他当时上海澄衷学堂的《字课图说》和从《正蒙必读》中抄下来的《天文歌略》以及一本历史读物《史鉴节要》,这些内容激发了他对文学的热情。茅盾的中学是在湖州、嘉兴、杭州念的,一九一三年茅盾考入北京大学,一九一六年大学毕业后进入上海商务印书馆工作,复游历日本,尽管行踪杳远,却始终与故乡保持着较亲密的关系。在文学创作中,茅盾屡屡发表以乌镇为背景的作品。在《子夜》、《林家铺子》、《多角关系》、《霜叶红似二月花》、《春蚕》、《秋收》、《残冬》等小说中,我们都可以看到乌镇的影子,读到乌镇的方言,闻到乌镇的气息。

立志书院，坐落在茅盾故居的东侧，最初由邑绅严辰于同治四年（一八六五）创建。立志书院前起观前街，后至观后街，直落五进。大门的门楣上嵌着"立志"二字，两旁的柱联分明是院名的注解："先立乎其大，有志者竟成"。进得门来，穿越过道，就见一个小天井，内植桂花树，隐含"蟾宫折桂"、荣登"桂榜"之义。过天井是讲堂，上悬"有志竟成"额，是浙江布政使杨昌濬所题；讲堂后面为当时的教学楼，名"籀云楼"，为山长严辰所题。立志书院门前河埠上有一幢楼阁，名文昌阁。文昌阁是立志书院的附属建筑，建于同治十年（一八七一）。此阁是乌镇读书人心目中的圣地，里面不仅供奉着主持文运科名的星宿和大成至圣先师孔子，也是文人聚会和科举预考的场所。

茅盾故居与书院只有一墙之隔，系四开间两进两层木结构楼房。坐北朝南，总面积四百五十平方米。故居分东、西两个单元，是茅盾曾祖父沈焕分两次购买的。东面的先买，称"老屋"。西面的后买，叫"新屋"。门口高悬着陈云同志题写的"茅盾故居"匾额。穿过天井，便是老屋第二进的两间楼房。东边楼下是客堂间，西边是厨房，老屋前楼靠东一间是茅盾祖父母的卧室，靠西一间是茅盾父母的卧室。新屋第一进楼下两间与老屋格式一样，但是打通的，是全家用膳的地方。第二进后面是个半亩地大小的院子，茅盾曾祖父从梧州返乡后，曾在这里建了三间平房以度晚年。他逝世后便一直空着。一九三三年，茅盾回乡为祖母除灵，决定用刚刚收到的《子夜》的稿费翻建这三间濒临坍毁的小屋。他亲自画了新房草图，请人督造。一九三四年秋，新屋告成，茅盾从上海赶来察看，并在小径旁亲手栽植了一棵棕榈和一丛天竹。此后，茅盾多次回乡，都住在自己设计的房子里，并从事写作，小说《多角关系》就是他于一九三五年秋在小屋的书房里写的。

乌镇还有个别具特色的中心广场，叫修真观广场。它是旧时乌镇的文化娱乐中心，人们迎庙会、看神戏的最好场所。这里的戏台就是修真观

的附属建筑,人们称其为古戏台。奇怪的是,修真观广场门口还挂着一个大算盘,两旁还有一副对联。上联是:"人有千算",下联是:"天则一算"。原来这实际上是告诉人们"人算不如天算"的意思,这大算盘就代表了老天爷的算盘。

乌镇曾有两处翰林第,一为北栅的严辰,一为中市的夏同善。夏同善翰林第原是一般的民居,当地人称之为肖家厅。肖家厅大门的门槛很高,中间一节可卸下来,称为"德槛"。跨过石板天井便是肖家的正厅,在正厅匾额两旁供奉的大红镂漆木盒是盛放圣旨皇榜的。

既然是肖家厅,又怎么会变成夏同善的翰林第呢?原来肖家厅是夏同善继母的娘家,夏同善的生母在他五岁时就过世了,他的父亲续娶了乌镇肖家的小姐肖氏,夏同善侍之如生母。在他十五岁时,因家道中落,其父欲弃儒经商,夏同善随继母常住于肖家。他舅舅肖仪斌藏书颇丰,夏同善又酷爱读书,每日手不释卷而懒于酒酱铺的事务。肖老太公非但不责怪,反而认为孺子可教,把他送入塾馆请老师教授。由此夏同善学问大进,科举连连告捷,在二十五岁时考取进士,次年被钦点为翰林。夏同善为报答肖家对他的养育之恩,于是就把翰林第的匾额挂于肖家厅。

这里有一个在当地家喻户晓的故事。一八七六年,夏同善会同二十七名官员为杨乃武与小白菜翻案,得到当地百姓称颂。乌镇乡绅非常敬重他,出资在肖家厅隔壁建造了一间翰林第。边上是肖家花园,假山、小池、竹子、芭蕉,显得小巧而雅致,花园北边的是"轿厅",又称"接官厅",里边停放的是两顶轿子,一顶为冬轿,一顶为夏轿。南边就是翰林第的正厅。里面的一切摆设都是按当年情形布置的,正厅墙上高挂着"翰林第"匾额。里面一幅题有"高风亮节"的竹子图则象征了夏公的为官清廉和为人正直。走过正厅后面的天井就是楼厅,楼下安放着夏同善的塑像,当时夏同善与翁同和同为光绪皇帝侍读,官拜兵部右侍郎。

在这个翰林第中,还有一间小白菜曾住过的房子,被称之为"白菜楼"。小白菜怎么会住在这里呢？据说,当年"杨葛"冤案昭雪后,裕亲王十分好奇,小白菜究竟是一个怎样的女子,竟使朝廷大小官员近百名被革去顶戴花翎。于是他命刑部带那小白菜来面察。小白菜虽然面色憔悴不堪,但仍掩不住她的天生丽质。裕亲王顿起同情之心,便问她有何要求? 小白菜见裕亲王问就说了:她曾在狱中许下一个愿,谁帮她洗清冤情,就服侍谁一辈子。裕亲王一听就为难了,因为慈禧已经下了谕旨,要小白菜到庵堂了却余生。可自己刚才话已出口又很难收回。思虑片刻之后,倒也想了个两全其美的主意,他让小白菜到乌镇去伺候夏同善的母亲夏老夫人三个月的时间,三个月后再进庵堂,以还其心愿。但这段时间必须是不见天日的,悄悄地去悄悄地回。据说这里的后门与长廊就是为了使小白菜"不见天日"而修筑的。

乌镇西栅景区毗邻古老的京杭大运河河畔,占地三平方公里,由十二个碧水环绕的岛屿和七十二座形态各异的古石桥组成,需坐渡船才可以进入景区。横贯景区东西的西栅老街长一点八公里,两岸临河水阁绵延一点八公里。整个景区内保存有精美的明清建筑二十五万平方米,此乃真正的观光、休闲、度假、商务活动最佳旅游目的地。

这儿除有三寸金莲馆、叙昌酱园等景点外,还有一个大染坊景点。占地两千五百平方米的草木本色染坊,整个地面都是青砖铺就的,上面竖立着密密麻麻的高杆和阶梯式的晒布架,规模庞大。这里除了制作蓝印花布外,还有独特的彩烤工艺流程,而且当时的彩烤色彩十分丰富,都是从当地的草木原料中提取出来的,像茶叶、桑树皮、杭白菊等,都是提取色素的原料。红茶可以染成浅红色,绿茶可以染成浅绿色,杭白菊可以染成浅黄色,桑树皮可以染成浅褐色。因此,这个染坊在当地被叫作草木本色坊。

据传南朝梁昭明太子萧统曾在乌镇学习读书,昭明书院因此得名。萧统编辑整理的《文选》是我国第一部诗歌散文选集。在很长一段时间里,《文选》和《古文观止》、《唐宋八大家文钞》都是古代读书人案头

必备的文学读本,影响深远。前方庭院中有四眼水池,四周古木参天,正门入口处有明朝万历年间建立的一座石牌坊,上题"六朝遗胜"。龙凤板上有"梁昭明太子同沈尚书读书处"字样。

夕阳西下后,我们坐上乌篷船,开始了乌镇夜游。坐在摇摆的船里观看岸上的热闹与繁华,随着船夫一下下挥动船桨,喧闹的细岸一点点远去,流水欢歌声愈发清晰起来。这一切,宛若把我们从现实逐渐流淌进静谧的美梦。这样一个乌镇的夜,那些又静又暗的角落,只要一盏浅浅的灯儿,就可以让人坐上一整晚。这样的夜,这样的我,好喜欢。第一次置身乌篷船中,但见那杨柳弱枝飘啊飘,摆啊摆,河水缓缓地流啊流……一个迷人的乌镇,直流进我的心底:婀娜多姿、绚丽多彩的水乡乌镇,你真不愧为我的最爱。

又是一个乌镇的清晨,下起了毛毛细雨的乌镇,仿佛蒙上了一层朦胧的细纱,少了几分娇俏,多了些许温柔与感性。有多少爱就有多少不舍,我真不知道自己是如何离开乌镇的。只记得自己在小巷四处依依不舍地走了走,转了转,细数着古镇那三十多座古桥,穿行于一段古老的飞越尘埃的岁月,我,不能自已。

西部览胜

摘桃"后花园"

每到"十一"黄金周期间，黛绿的桃枝上挂满毛茸茸的鲜果，这正是猕猴桃晚熟品种采摘季节。为了进一步促进乡村休闲旅游经济大发展，县旅游局将这个城市"后花园"——猕猴桃基地列为县里旅游、休闲、度假的人们采摘景点之一。

这项决定可让徐小平意外地多了项增加收益的机会。这下子，可把徐小平忙坏了。这不？他既要与管理员一道手把手教游客剪摘技术，又要安排食堂接待好需用餐的散客，同时还要嘱咐称秤人员在为游客称自采的鲜果时不能短斤少两。

这段日子，游人如织。游客们玩得尽兴，品尝够了还能带上体验劳动后采摘的果实，无不充满快乐。久而久之，在游客的快乐中徐小平的信誉度与知名度不断上升。

如今，你只要来到奉新县里，不知县长为何人的不少，可一提起徐小平来，大人小孩子都知道：你说的是猕猴桃大王呀，谁不知道他呀？

那天，我也来到猕猴桃大王徐小平位于奉新县赤岸镇大力村下梅自然村的猕猴桃基地休闲度假采摘果子，正巧猕猴桃大王徐小平也在基地。

他现在虽然是名人了，可也算是我的学生、有缘的老朋友了。我便与之聊了起来，问他为什么想到投资兴建猕猴桃基地之事？

他说：看到城里人生活条件好了，都想到乡下农村来游玩。玩什么呢？我就想到了种植猕猴桃，让城里人来这儿休闲度假采摘果子。于是，我便在村里租赁了五十六亩地,作为猕猴桃基地,组建了"奉新县生态猕猴桃科技开发有限公司"。从那时起我就与"猕猴桃"三字分不开了。

徐小平年约半百,但身板硬朗,他挥锄开垦,日晒雨林,甭说有多辛苦。记得他在猕猴桃基地初创时期,还是我来帮他给生病的猕猴桃树治病的呢。那一回因不懂栽培技艺,猕猴桃树生病了,眼看全要死光了。正当心痛不已之际,他突然想到了隔壁村里有个"农家书屋"。估计书屋中一定有如何种植猕猴桃的书籍。

他急切地赶到"农家书屋",想不到这个书屋竟偏就没有这种栽培技艺的书籍。但这个书屋的主人周局长的朋友,也就我刚好是在县科技局退居二线了,那天正在那儿看望周局长。所以我就帮他来基地诊治猕猴桃树病症。在我的帮助下,徐小平的猕猴桃树全成活了。后来,我还专门为他送来了一本《猕猴桃种植技术》的书籍。

四年就这样翻过去了,想不到徐小平辛勤培育的五十六亩猕猴桃长势喜人,挂果累累。

在种植猕猴桃的同时,徐小平很有经济眼光,在基地又规划了许多鱼塘。开挖鱼塘既能蓄水防旱浇灌,又可养鱼让游客垂钓。他还在基地放养了土鸡土鸭,栽种各类新鲜蔬菜。一时间,小小猕猴桃基地,成了人间仙境、世外桃源。

都说徐小平是个"福将",是呀,谁能想到,当徐小平正需要急找治疗猕猴桃树病的人时,我正好就出现在周局长那儿。这就叫赶得早不如赶得巧。这不由又让我想起了我找周局长的那段往事来——

周局长现在怎么样了?那年我退居二线后,遇到比我早几年退居二线的周局长的老伴,于是就问起周局长的近况。

按照地址,几经周折,在村里一幢门前挂有"农家书屋"的乡村小屋里,我终于见到在城里"失踪"了一年多的老周。

放着县城宽敞的房子不住,怎么跑到老家住起了小屋?我好奇地问

老周。

你这不是全看到了吗？明知故问。带着一副老花眼镜的老周，为一位大叔找到名为《二十四节气与农业》的书后，便与我攀谈起来。

你怎么找到这儿来了？老周问：下次来记得带些旧书给我。

不当文化局长，当起书屋经理来了。我说：你倒是活得好潇洒自在呀。

尽我力所能及，为乡亲们做点好事而已。老周说：看到乡亲们得到实惠，我也乐在其中。

你也真是老有所为，老有所乐呀。我问：你是怎么想到来这办起这个书屋的呢？

一提起这事，老周侃侃而谈：几次到乡村，看到乡亲们休闲时就只知道打牌什么的，没有一点文化乐趣。村民种地、养殖也只是凭经验行事，常常是因为不懂科学，损失惨重。我就想到，要为乡亲们做点什么。

农村最缺什么呢？是书籍。老周说：等我一退居二线，就将自己的几百本藏书送到村里，让村民阅读。后来我才发现，那些书还在村干部家中躺着。

村民们没看到书，那是因为没有人管理这些书呀。于是我一狠心，就来这办起了这个"农家书屋"。

刚开始村民来的很少。一打听，才知道，书屋中不仅书少，关键是村民喜欢的书也不多。老周说：为充实书屋，我拿了自己一个月的工资，买了不少村民喜欢看的书籍，并订阅了一些报刊。此后，村民们来阅读的渐渐就多了起来。

在与老周说话的过程中，我仔细打量了一下书屋。在那一排排长条形的书架上，分门别类的竖立着各种不同色彩的图书，看上去至少有三千多册；边上还摆放有四十多份诸如《致富快报》、《农村百事通》、《百花园·中外读点》之类的报刊。

在用石灰粉刷一新的墙壁上，还写有几行隶书彩字：读一本有益图书,学一门实用技术,找一条致富门路,开一代学习新风,做一个新时代农民。

环顾这大约有六十来平方米的书屋,进出的村民络绎不绝,坐下看书的男女老少都有。

这时书屋走进一位中年汉子。老周马上给我介绍说:这是我们村的周书记,这是原县科技局万局长。

哦,欢迎欢迎。周书记说:周局长为我们村里办了一件大好事呀。

周书记兴奋地说:自从有了这个书屋,我们村民休闲打牌的人明显少了,讲究科学种、养的人明显多了。特别是那些《农村养猪新技术》等书籍,为我村种、养各业普遍带来了增产增收。这个书屋,实际上已成为我们村民的一座"精神粮仓"。

真有这么好呀,我对周书记说:我家有很多农村实用技术书籍,回去后我就给你们送来。

那感情好,周书记说:我代表全村村民先谢谢你了。

这时,一位邻村年近五十的大汉走进书屋,焦急地说:周局长,我家种植的五十多亩果树全生病了,叶子都开始发黄了。真是急死人了,请你一定要帮帮我呀。

你种的是什么果树? 老周急切地问。

猕猴桃树。那位大汉说:这里有这种树的栽培技术书吗?

哦,老周摇摇头,遗憾地说:我这目前还没有这本书。

我家有这本书,明天我就给你送来。我赶紧说:现在你先带我去看一下。

按照我传授的方法,加上那位大汉看了我第二天送来的《猕猴桃树栽培技术》一书,病症找到后,不久果树就全给治愈了。这位大汉就是猕猴桃大王徐小平。

事后,我又专程去了趟周局长处,将自己收藏了大半辈子的一千多本

第三辑 西部览胜

有关农村实用技术的书籍送给了他的"农家书屋"。这次来到书屋,我一眼就发现,在那书架的墙壁上,多了一幅感谢锦旗。据说是本村一位小伙子在这借了《农村养鱼新技术》一书,按照书中所说,治好了鱼病发家致富后送来的。当然,猕猴桃大王徐小平也少不了送来一面锦旗。

猕猴桃大王徐小平送的锦旗上那两行秀美的仿宋体,让我看后竟有找回了自己当年在工作岗位时的感觉。因为我帮助一位养鸡专业户治好了鸡病,曾也收到过不少锦旗,其中就有这秀美的仿宋体锦旗。这让我想到了,我的专业又有了发挥作用的地方了。于是,一时产生了想留下来和老周做伴,共同打理这片书屋,使之真正成为一个科学种田的"加油站",发家致富的"黄金屋"的那么一股冲动。

不久,在这个农家书屋里,又多了位老人的身影,大家当然知道,那就是我。从此,村民们不仅可以随时看到科普读物,有些书中看不懂的问题,还可以得到我的及时解答。并且,我还会时不时地给村民们开展养鱼、养猪等专题技术知识讲座。

由于科技兴农知识得到了有效普及,村里经济也就有了长足发展,村民生活很快得到提升。已是鹤立鸡群的周家村,引起了新任县委书记的极大关注,当他专程前来村里调研时,才发现我和老周这两位老领导,竟然在这儿办起了一幢农家书屋。

看到我们两位白发苍苍而又精神闪烁的老人,在这儿尽情地发挥着余热,受到全村乃至附近村民的尊敬和爱戴,县委书记心中立即有了一个构想,要在全县推广周家村的做法。即:全县每村办起一个农家书屋,且聘请一位有一技之长的书屋管理员。通过采用这种方式,大力推广科技兴农知识。让科技之光,照亮全县每一个村庄、每一户农家,每一寸土地。

显然,负责指导全县书屋管理员的担子,自然而然地就落在了我和老周两人的肩上。

那天,我以去猕猴桃大王徐小平的猕猴桃基地休闲度假采摘果子为名,去找徐小平,实际上也就是去动员他,带领乡亲们一起致富。因为在这个县里,猕猴桃种植最好的,就是这个基地。而想种植猕猴桃的人有很多。我虽然可以在理论上给他们上课,但没有教学基地,这对培养种植猕猴桃的人是个很大的缺陷。为了弥补这一缺陷,也为了让村民们学有信心,学有榜样,所以,我才想到了徐小平。

谁知徐小平一听完我的意思,二话没说,只说了一句话:万局长,我是一位共产党员,我懂得"一花独放不是春,百花齐放春满园"的这个道理。再说了,我也是你带出来的学生。我听你的,只要乡亲们愿意到我这儿来学,我这儿就是乡亲们种植猕猴桃树的培训基地。

从此,徐小平一边深入研究猕猴桃栽培技术,一边指导全县前来学习猕猴桃树栽培技术的一批又一批村民种植猕猴桃树。

前几年,为了让种植猕猴桃树的果农获得更高的经济效益,他还从外地引进了红阳(红心果)猕猴桃树新品种,在自己基地种植试验成功且获得高产后,他便将这一新品种向全县种植猕猴桃树的果农推广。全县种植猕猴桃树的果农种植新品种后,在他精心指导下,都获得了高产,从而使全县果农经济效益得到了明显提高。

多年来,由于他带领全县种植猕猴桃树的果农致富,多次获得县"优秀共产党员"的光荣称号;也由于他的刻苦钻研,经过他精心培育的猕猴桃树早熟、冬熟、晚熟配套良种,还获得了农业部颁发的"国家科技进步二等奖"、国家科委颁发的"国家科技进步三等奖";他本人还获得了"江西省科技人员突出贡献一等奖"。

如今,每到猕猴桃树挂果成熟季节,这里全县果农家家户户的猕猴桃基地里,就会涌来无数的城里人,前来这儿休闲、度假、采摘猕猴桃果品。

能为城里人带来欢乐,这就是我最开心的事儿。每当看到基地那川流不息的游人时,猕猴桃大王徐小平总是笑容满面欣慰地逢人便这样说。

异国风情

在那梅花盛开的季节,我踏上了平生第一次出国之旅。欣赏异国风情,品味南洋趣事,让人乐不思蜀,流连忘返。

在国内南方还只是一度的时候,新加坡、马来西亚、泰国已是三十多度。这主要是因为他们属于亚热带雨林气候,一年四季都是艳阳高照、骄阳似火的春夏季节,没有秋冬季节。所以那里的人们,皮肤都是黑不溜秋的。晚上相遇,一不小心就会撞个满怀。我们一行二十多人,带去的冬装,全部脱了下来,就是打赤膊睡觉,还要开空调。在那儿的几天,我们早已晒成了"非洲黑人"。

我们以为来到外国,住宾馆应该是件很舒服的事情。谁知道外表看似华丽的宾馆,居然里面会没水、没牙膏、没牙刷、没拖鞋、没人理你(出于环保考虑,国外很多宾馆不提供一次性用品)。宾馆没有水喝,我们晚上要喝水,只能在餐厅灌好水,带到宾馆里喝。我们带去的照相机、手机没有电了,想到宾馆里充电,好不容易找到插座,却发现无论怎么插,都不能对好口子,充上电。原来外国和我国的用电设备不一样,电压也不同。

不到外国不知道,一到外国吓一跳。新加坡这个国家,南北长四十公里,东西长二十公里,相当于我们国内一个小县城大小,开车不到一小时就游完了全国。

这真是一个国家吗? 我不敢相信。

虽然新加坡面积小，但它城市管理得非常好。城市分为工业区、商业区、住宅区三个功能区。都说新加坡是"花园城市"，真是名不虚传。是呀，到处都是树木、草地、鲜花和阳光，在那树木的世界、芳草的乐园、鲜花的海洋中，几乎看不到裸露的土地。就连厕所，也都是那么干净、美观、香气扑鼻，音乐悠扬。

新加坡和马来西亚不是两个国家吗？一位游客好像发现了新大陆：你们看，怎么他们穿越国境线就像在自己国内一样自由呢？在新加坡和马来西亚国境线上，我们真的看到了这样一条奇妙而又独特的亮丽风景线。

导游笑笑说：新加坡和马来西亚本来就是一个国家，后来分成两个国家，所以国土相连。每当上、下班时间，新加坡人就会坐车到马来西亚去买菜，然后回新加坡自己的家里烧菜做饭。你们是刚好碰到下班时间，所以人特别多。这有什么奇怪的吗？

原来是这样的呀，大家一脸羡慕：上班是一个国家，下班就赶去另外一个国家，外国人真会生活呀！

难怪这次旅行最容易过的关，就是从新加坡到马来西亚，全程花了不到半个小时，原来是这样。

这根管子是做什么用的？我们在马来西亚如厕时，发现厕所旁边都有一根管子。导游告诉我们，那是冲洗屁股用的。原来，他们解大便从来都不用草纸的，就用这根水管冲洗屁股，然后用左手擦去水的。所以马来西亚人有个规矩，你不能用左手摸他们的头，那是不尊重人的，摸了他们会很生气。更让人吃惊的是，他们吃饭还有不用筷子用手抓的习惯。

在泰国游览时感觉风景美，但更让我们称道的是，在泰国公共场所，几乎没见到有人抽烟，街道也很干净，无脏乱杂物，也没见到卫生死角，甚至是卫生间都没有闻到异味儿，一进门便会有清新洁净之感。那儿的寺庙和学校内外更是清洁有加、一尘不染。这一切都有赖于其国民对佛教

的尊崇以及对教育场所的重视、对学生的关爱。

泰国人注重身体保养，工作办事、居家操持尽量放松、避免匆忙，以对身体有利。我们在曼谷、芭提雅等城市很少看到匆忙而过，或忙叨叨追赶汽车的人，即便是街上来来往往的汽车开得也不快，都像是在浏览街景。泰国人出门讲究衣着整洁、发式唯美、首饰突出，如此仿佛才能心安、悠闲地行走在街上，或不紧不慢地逛商场。即使是在购物时与人攀谈也是细语轻声、心平气和。在街上你可以根据某人的衣着而大概知道他的工作，比如：下穿西裤或套裙，上穿白衬衣系领带手提大皮包的是白领，或政府机关的文职人员；一群年轻人在一起穿相同的短裤，或短裙白衬衣系领带的是中学生；而西装笔挺皮鞋闪亮的一定是高管或学者等。要记住，在这个热带国度里常穿西装的一定是上流社会者。总之不管怎样，泰国人的素质较高，他们出门是很讲究服饰的，很少有不修边幅或乞讨者。

这是因为，泰国经济发展较快，人均 GDP 水平在发展中国家中较高，再加之资源配备丰富而有余，故而形成了工作轻松、悠闲，乐善好施的性格。

我们来到泰国皇宫参观。在皇宫门前，我做了个合影的动作，邀请在一边站岗的警员合影。他很高兴，并很快地站好姿势和我合了影。还有一位骑马的警员，也很乐意让我牵着马绳与他合影。

在泰国，你可以看到金碧辉煌的宫殿庙宇，耸入云端的高楼大厦，芭提雅、普吉岛的旖旎风光和灯红酒绿。但是，千万不要以为这就是它的全部，因为泰国有个湄南河，河边上还有着不少水上人家。泰国穷人不少房子都建在这条河边上。这靠河一排水上人家，构成了泰国一道河上景观。

我们坐在船上，沿河东岸边上，出现了一排排的小木屋。木屋在东南亚按说并不奇怪，可奇怪的是，木屋一边连着河岸，一边却架在水上，下面是若干根打在水中的粗大木桩。每幢房屋都是敞着的木楼台，墙上爬满了长长的藤蔓，从栏杆上垂下的植物开满了各色的花朵。有长竿从楼台上伸出来,挂满了花花绿绿的衣裳,宛如万国旗在河风中轻轻飘摇。几乎每个楼台靠角的一边都留有一个缺口,几级木梯一直往河里伸下去,在水中淹没。房屋与房屋之间则是一段段空着的水域,停泊着一些小的船只。导游说,这就是湄南河的水上人家。

湄南河两岸树影婆娑,翠绿的棕榈,诱人的芭蕉,高大的椰林,成片的木槿,夹岸的花卉,可谓无限生机。仔细一看,我发现,这儿建筑最多的就是庙宇了,一些如东方饭店、香格里拉等著名的商业大楼也是临河而建。新式大楼的都市气象与佛教建筑的多姿多彩互相夹杂,混在一起,形成了曼谷追求世界潮流又不忘保留地域传统的独特景致。

湄南河水上人家房子,都是用几根柱子擎立起来,柱子还一律都是方形的。这柱子怎么都是方形的呢? 一位老哥提出了这个疑问。

你们猜猜看。导游卖起了关子。

因为河边水中蛇多。所以经常有蛇出没,方形柱子可以防止蛇沿着柱子爬到房间里来。一位戴眼镜的中年人解释说。

答对了,导游说:给你100分。

到泰国旅行,观看大象表演是其中行程的一项重要内容。当我们赶去观看大象表演时,因时间关系,大厅座位早已客满。

泰国有"五多",走在泰国的街上,随处看到有许多的流浪狗。因为泰国人是不吃狗肉,也不吃蛇肉的。所以泰国狗、蛇特别地多。"五多"其中还有就是大象多。它不仅可以作为人们的交通工具,也还能和人一样投球、画画,特别是大象还能表演,这更能给人们带来无尽的愉悦。

那天安排是去看大象表演,可是由于我们去晚了,表演场中一个座位也没有了。

是呀,能有个座位欣赏大象精彩的表演,那该是件多么惬意的事呀。我于心不甘,便用目光一扫,发现前面一男一女两个欧洲青年座位边上,有一点空隙。

分开人群,我走到那位棕发碧眼的男青年面前,指着旁边空隙,做了个让他靠拢一点、我要坐下的手势。

那位欧洲小伙子先是用他那碧眼看看我,似乎明白了什么似的,然后做了个请的手势,好像是在对我说,你要坐这里那就让给你坐好了。

只见他用手搀扶着女孩腰部,随即站了起来,向路边走去。

见此情景,我一时惊呆了:是呀,怎么遇上了这么个礼让的人?

随即,我用双手紧紧握住那个人的手,不让他们离去。我在用眼神对他说:朋友,你不要走,还是我走吧。对不起,打扰你们了。

一时间,那位碧眼男青年,一边莫明其妙地让我拉着手向他的原座位走去,一边看着我的眼睛,不置可否地站在那儿过了好长一会儿后总算明白过来,又返回了原座。

礼让,体现着一个国家人民文明程度的高低。在泰国人眼里,欧美人是洋人,我们中国人也是洋人。既然都是洋人,哪有我这个洋人输给另一个洋人的道理?

虽说这件"让座"事,看起来好像是一件小事,但小事不小,小中有大,一滴水能映射出太阳的光辉。外国人这么讲文明礼貌,自己已经坐好了的位子,只要人家想要,就毫不犹豫地让给人家,这种精神真的难能可贵,这让我深为感动。

不过,在这次文明礼貌的较量中,我与那位洋人总算打了个平手。虽然在很远处看大象表演,效果差了很多,但这次从远处看大象表演,我内心还是很愉快的。因为,在这次东西方文明礼貌的碰撞中,我没有给祖国丢脸。但有的时候,你想不输也很难。

泰国人留给我的印象,是对人和善、友好。我们每每外出走在街上与泰国人相遇时,他们总是和善地微笑,或礼貌地让路。进出商店开门时,前面的人发现后面有人,一定会主动将门开大让你通过。在街上我遇到过多次,当行人走斑马线过马路时,即使没有红灯,周围的汽车也全都会主动地停下来礼让,不与行人抢路。而人们都慢慢地依次而行,绝不会一窝蜂似的相拥而过,行色匆匆似乎与该国国民真的无缘。

这天,我们三三两两在泰国的街道边行走。当走在一条狭路上时,前面几个泰国人微笑着刚从我们面前走过。这时,一位中年欧洲人面带微笑地、正在弯腰邀请我们先行过去。见此情景,令我非常感动。于是,我也本能地做出了一个弯腰邀请那人先行过去的姿态。一时之间相持不下。还是边上的同伴,硬是强行拉着我从这位中年欧洲人面前先行而过。

本来,我是想让这位中年欧洲人先过,我想反正礼节你已经做到了,你就过吧。可是他不,这位中年欧洲人就是非要我们先过才行。我们倘若不过,可能他真的就会一直这样伸着手站在那儿不走呢。遇到对于礼让如此执着的人,我心想:我能算输吗? 我们怎么样才能算不输呢? 这虽说又是一件小事,但足见人家对于礼让的诚心。

古语说得好:礼让一尺,得礼一丈。礼让正是在这种不经意遭遇的"较量"中,得到共同升华、相互赞赏。反过来想,若想得礼一丈,必先礼让一尺,那位朋友懂得这个道理,我更要得懂。在泰国旅游,虽说有很多值得我回味的东西,然而,这两个礼让的小故事,却一直留心在的心中,不能忘怀,也让我懂得了这样一个道理:文明礼让,不分国度。

都说芭堤雅是个好地方,当我们来到芭堤雅时,居然发现,这里白天静悄悄的,像个荒凉的小村庄,这让我们一时大失所望。原来,芭堤雅人都盼望着太阳早点下班,月亮早点升起来,他们一天的生活好像就是从晚上开始的。一到晚上,这儿满街都是灯红酒绿的酒吧,形成了一个灯火通明的人的海洋,这情景与白天似有天壤之别。

经常在电视中看见过马六甲海峡,这次是真的来到了马六甲海峡。在马六甲海峡小镇上游玩,感觉与我们国内小镇也好不了多少。甚至在马六甲海峡边上,我们除看见海边有几排大树外,便是一片荒无人烟、光秃秃的沙滩。

在马六甲海峡，我看到海边的房子门前有一个三角形、两个三角形、三个三角形的，这房子前面用不同的三角形做成广告牌是什么意思？

那是代表房屋的主人有几个妻子。导游告诉大家：原来南洋实行多妻制，只要你有钱，就可以娶到许多的妻子。

你们快来看，这树上还长了别的树呢。我围着一棵大树像三岁小孩子一样在打转。

南洋属于亚热带雨林地区。导游解说：你们知道，这种水土，适宜植物生长。树上种树养花，树木花草很容易存活。所以他们当地人都喜欢用绳子包着泥土把其他花、树都种在树干的四周，这些花、树就都能在树上存活。这样一来，一棵树上自然就有各种各样的花草树木了。

难怪整条街上大多数树都是这样的呢。看见这样一条街道，我不禁心情怡然：好一道千姿百态、美不胜收的美妙景观。

旅游归来。我与人提起这次南洋之行，总是眉飞色舞，乐不可支。用一句老话来形容，那就是：不看不知道，世界真奇妙……

巍巍宝塔山

金秋十月，我们一行十多人奔赴延安参观学习，进行革命传统教育。在踏上这块神圣的土地之前，我们对巍巍宝塔山、滔滔延河水以及那场轰轰烈烈的革命运动，并没有多少感性上的认识，因而在我的心里，延安也不曾产生过强烈的震撼，只是朦胧中透露着一层神秘的色彩。

从车窗望出去，不少窑洞前面的平地上都在垒砖砌房，而窑洞多半废弃了。窑洞虽然说冬暖夏凉，但存在采光差、易开裂、湿气大等诸多问题，是应该淘汰了。我们到延安的一个重要目的就是去看窑洞。窑洞，昔日典型的陕北民居，但如今住窑洞的人似乎很少了。这次我们来延安，主要是来看看当年中共中央所在地杨家岭、枣园等景点。

据说，延安的地貌，是世界上最大的黄土层地貌。厚厚的黄土层从几十米到数百米不等，黄土的水平面，斜坡面都已经开垦利用，被绿色的植被所覆盖。只有黄土的垂直面裸露在外，展示着黄土高原的本来面目。绿色植被或是庄稼，或是树木。庄稼多半是玉米，树木大多数是果树。陕西的秋季，是收获的季节，也是水果的秋季。

夜已渐临，天空中还飘落着点点雨丝，载着我们的中巴车，在历时八九个小时的长途跋涉后，终于来到了这座红色革命名城。我们纷纷踏上蜿蜒而下的小路，顿时感觉到北方夜晚中的阵阵寒意。顾不得旅途的疲劳，我们仔细打量着这座陌生而又熟悉的城市。

这里并不见很显眼的建筑，四周黑色弥漫。但一眼就能看见的，是一座灯塔高高耸立在城旁边的山顶，光芒四射，这就是我们耳熟能详的延安革命宝塔。夜色中的宝塔，它的雄伟、壮观确实独占了这座城市的风头。

一见夜明珠似的宝塔，我不由激动起来，这就是曾经激励我们全国人民前进，战胜千难万险，夺取抗日战争和全国解放战争胜利的指路明灯呀。

一夜无眠。思绪把我带进了那个革命的烽火年代。

一早，我们来到了王家坪参观。这里基调是土黄色，一切保持当年的原貌：路是土路，墙是土墙，院落的围墙是用黄土堆砌。王家坪这个矮矮围墙围成的院落，展现在我们面前的是古旧的几栋小瓦房和依山而建的一些穹形窑洞。整个占地面积还不及一个小村庄大，这就是我们中共中央机关当年的所在地。

难怪当年这里是不少热血青年向往的地方,除了延安革命旗帜吸引外,这里附近还有两个著名的景区,壶口瀑布和黄帝陵。尤其是壶口瀑布,位于延安东南。黄河在黄土高原流淌,河面平静而宽阔。到了壶口,河床一下子断裂,黄河水裹挟着泥沙,跌落到四五十米落差的沟壑里,于是黄河水沸腾了,只见浪涛翻滚,水汽蒸腾。只听得涛声震天,如雷贯耳。此时自然让我们想起《保卫黄河》激昂的旋律,感受到歌中所表达的不屈不挠的性格,体会到中华民族一往无前的精神。这里的黄河水用咆哮形容再恰当不过了。我想《保卫黄河》的作者一定来过壶口,一定看见过气势恢宏,奔腾激荡的黄河瀑布。否则,写不出那么准确地诗句,谱不出那么荡气回肠的旋律。

不是亲眼所见,你根本无法想象,这就是当年中共中央领导指挥千军万马的中共中央军委礼堂。一栋一层的砖瓦房,由当时三五九旅张震旅的一个木工设计。就这样子,据说还是当年这里最豪华的建筑。礼堂屋顶用的是三角木梁,座位为长排的木架椅,主席台是一张半人高的单人木桌。谁也不曾想象就是在这个可容纳几百人的朴素礼堂内,召开了庆祝全国抗日胜利的大会。大礼堂墙壁悬挂的两张黑白相片给我的印象最深刻,一张是"兄妹开荒"的剧照,一张是在劳模表彰大会上代表发言照。这一幕幕反映了当时延安在受到国民党封锁后,延安人民自力更生,生产自救的革命豪情。

我们细心地听着讲解员讲述当年演出"兄妹开荒"的故事。在没有任何音响设备的条件下,聚集了两万多名观众,可见延安人民对精神生活是多么渴望。

枣园革命旧址位于延安城西北八公里处,是中共中央社会部驻地,现有中央书记处小礼堂,毛泽东、周恩来、刘少奇、朱德、任弼时、张闻天、彭德怀旧居,"为人民服务"讲话台,中央医务所,幸福渠等景点。

一九四七年中共中央撤离延安后,国民党军队对延安进行了毁灭性破坏,枣园也遭到严重损坏。一九五三年后,人民政府重修了枣园,现已恢复原貌。

当年领导人居住的都是窑洞,这些窑洞虽历经多年,至今仍保存完好。窑洞顶部呈拱形,墙体表面平整光滑,窑洞宽一般在两三米之间,深在四五米之间,显得比较狭窄。室内摆放着简单的桌椅橱柜。在如此简陋的场所,如此贫困的地方,中国共产党人在这里运筹帷幄,在这里指挥千军万马,只用十几年光景,夺取全国政权,成就大业。

在鸟声如歌的清晨,我们走进枣园。踏在枣园绿如铺毯的草地上,我们的心,宁静而安详。漫步在领袖曾经走过的路上,凉风徐徐吹来,胸怀抱满泥土清香。流连在中央书记处会议室、作战研究室、休息室和机要办公室的周围,一颗颗绿莹莹的枣树像是抹上了菜油似的,苍翠欲滴,让人由不得不喜欢。往里行,绿荫深处,便是那一排排、一座座带了围院的土窑洞了。

这些窑洞,曾依次住着毛泽东、朱德、周恩来等中共高层领导。凝视这些曾经是一代伟人工作和居住过的窑洞、木门、半开的花格子窗户、简陋的床、简单的家具、主席坐过的藤椅、那盏主席用过的小油灯,仿佛将我们带入那往昔的峥嵘岁月,看到那些土窑的灯光彻夜不息,主席在窑洞里奋笔疾书、周恩来与士兵一起比赛纺线、朱老总抡锄开荒种地……

这里游人如织,个个脸色显得崇敬而庄重。周恩来的窑洞被称为总理窑洞。这是因为周恩来夫妇具有博大的胸怀,收养了一批战争中牺牲的革命者的后代,其中就有革命党人李硕的儿子李鹏,后来成为新中国的又一位总理,一个窑洞诞生了两位新中国总理,故被命名为总理窑洞。

据说朱德总司令的窑洞是最奢侈的。我们小心而入,并不见什么特殊,而听讲解员说,只是他的洞里面的床是土炕床,原因是其患有关节炎,由毛主席安排战士为其特制。原来如此!

来到毛主席住过的窑洞。其中一张被广泛流传、家喻户晓的照片,就

是那张打有补丁的照片,可知我们的领袖不曾享有半点特权,而是和普通百姓一样,穿的也是打有很多补丁的衣服。讲解员说,这张照片被誉为艰苦朴素照,怪不得外界评论,这些窑洞住着的是一些具有深刻思想、敏锐智慧和具有全世界眼光的精英。他们怀着对党无限忠诚,对人民无比热爱,对新中国的热切期望,战胜了常人难以克服的生活条件,在这些窑洞里挑灯著书,指挥着那些英勇的战士,与全国人民一道战胜了日本帝国主义和国民党反动派,最后建立了新中国,让人民一天天走向了今天幸福和安康的生活。

毛泽东在枣园居住期间,曾写下了《关于领导方法的若干问题》《文化工作中的统一战线》等许多指导中国革命的重要文章。

站在这些窑洞旁,我端望着,眼泪禁不住流下,久久不能回神。

杨家岭是中共中央领导在一九三八年十一月至一九四七年三月期间的住处。当年这里还曾进行过轰轰烈烈的大生产运动、整风运动,现在主要有中共中央七大会址、延安文艺座谈会会址两处可供参观。在会址后面的小山坡上,散落着一排窑洞,这就是毛泽东、朱德、周恩来,刘少奇等领导同志们当年的住所。这个驻地也就是一个中等村落大小。不能想象,中共中央机关却在这里渡过了整整十个春秋。毛泽东当年有一句很风趣的名言:不住延安窑洞的人,是不能革命的人。如此说来,这些看来极为普通的一个个延安窑洞,都是中国革命的大功臣呀。

在伟人毛泽东旧居参观,毛泽东与毛岸英合影的照片立即映入眼帘。目睹这张放大的他们父子俩唯一一张两人合影生活照,我的心中深感痛惜。

相架栏边有石凳和石桌。听讲解员说,这就是当初毛泽东与毛岸英第一次见面促膝而谈的旧址,也就是在这里,毛泽东要求毛岸英下到陕北农村中去与农民同吃同住同劳动。毛岸英非常勤勉,下到农村后,很快就掌握了各种农业技术,并于年末将亲手种植的小麦带回,向毛主席交出了一份满意答卷。

随后，我们又看到了著名的毛泽东与斯特朗谈话的石桌。一张很普通的石桌，摆放在露天，四周有四个小石凳。就是在这么简陋的石桌上，我们的伟人在与美国记者谈话中，却发出那么闪光而富有哲理的名句：一切反动派都是纸老虎！我们为了留住这个特殊的标志，纷纷留影拍照，以此来表达心中的崇敬。

毛泽东等领袖们不仅能运筹于帷幄之中，决胜于千里之外，也有着普通人一样的情怀。也就是在这块小学课本中描述过的杨家岭菜地上种出来的辣椒，毛泽东用其招待了同情革命的友好华侨陈嘉庚，正因为我们的领袖和革命党人胸怀群众，作风淳朴，因而我们的革命才能赢得那么多国际友人的广泛同情和支持。

党的七大，这是一个划时代的会议，在这次会议上确立了毛泽东思想，确立了毛泽东主席的绝对领导地位。在毛泽东的领导下，从此中国革命不断走向胜利。在党的七大旧址里，我们面对七大当时布置的党旗重温了党的誓词，向党庄严宣誓：……对党忠诚，积极工作，为共产主义事业奋斗终生，随时准备为党和人民牺牲一切，永不叛党。

在这特殊的地方，在这庄严的党旗下，我们的声音是那么坚定而有力。

随着历史的变迁，时代的演变，我们忙碌的身躯也许无暇顾及这些历史的遗迹，但新中国的进程却在这里留下了浓墨重彩的一笔，毛泽东、朱德、周恩来、刘少奇等老一辈无产阶级革命家怀着对党和人民的无限忠诚，领导着一群热血革命志士，冒着枪林弹雨，历经千辛万苦，战胜了日本侵略者和国民党反动派的无数次进攻，缔造了新中国，才让我们过上现在这样的幸福生活。

缅怀伟人的丰功伟绩，睹物思情，我们不免情绪激荡。离别在即之时，我们面对着宝塔山纷纷合影留念，总想多留下一点革命的痕迹。怀着崇

敬的心,惜别延安城。我们远望着宝塔山,目送延河水,依依不舍。

再见了宝塔山,再见了延安。我们将会继承延安精神,沿着革命先辈走过的光辉足迹,奋勇向前。

"天堂"里的恋歌

今年五一劳动节,我终于与我心目中的"仙女"结婚了。

在我的婚礼上,朋友问我:你是怎么与你爱人相识的呀?

我开心而又神秘地说:照片为媒。没想到我这么一说,大家蜂拥过来,对我和爱人相识的故事更感兴趣了,一定要我介绍照片为媒的前后经过。

日历翻回到三年前的四月三十日。明天就是五一劳动节了,这一天,也是我的生日。每年一样的生日,过得平平淡淡、没滋没味,是该换个花样过个生日了。

记得有位名人说过这样一句话:男人的一生中,要经过三件事才能成熟:一场刻骨铭心的恋爱;一次死去活来的大病;一段无人知晓的生活。我觉得很有道理。

刻骨铭心的失恋有过,那是我人生走向社会的第一步。在一个边远的小山村,我偶遇到了一位美丽的让我心动的姑娘,只因自己一次用红圆珠笔写了一封信所造成的"绝交"误会,致使我的第一次初恋胎死腹中。这次失恋致命的打击,差点让我一辈子都无法站立起来。

死去活来的大病有过,那是在一次抗洪抢险中,我带病白天坚持采访,晚上坚持守堤且同时在堤上挑灯写新闻稿。由于劳累过度,在一次雨中堤上采访至下午两点钟,村主任用水桶送来一些西红柿。我用桶中水洗后只吃了一个,就发高烧至四十二度一直不退。医生用尽了各种方式,都未能让我降温。最后是在我的骨头上打个洞,取出骨髓,查出我是得了副伤寒病。肠子都薄成一层纸,天天只能吃流质汤水。在医院一住就是三个月,终于让我大难不死躲过了一劫。

无人知晓的生活还真的没有。平日的生活太过于平淡,是不是也要来过一段与世隔绝的日子呢?有了这个心思,我便马上付诸行动。

下午四点钟开完会回来,看到办公桌上报纸中刊有"九寨沟七日游"的消息,心动不如行动。我立马与旅行社联系,想不到的是,正是这一次九寨沟无意之行却促成了我的一段美好姻缘。

这次神秘的七天行动,除了我老妈知道外,其他的人一概不知我的去向。就连手机也关闭了。

坐了几天的火车,到了重庆。又转了一天的汽车,才到了目的地。车上的生活,那个苦呀,简直无法形容。

还好在汽车上,沿途都是大雪山,我这个南方人,很少见到这么多的大雪山,让我一次看个够,也算不枉此行。尤其是当我们看到那座红军两万五千里长征爬雪山、过草地的革命英雄纪念碑时,方知革命前辈为我们打下红色江山是多么的不容易呀。

其实,旅游是很辛苦的。又热,又累,除去几天在火车、汽车上之外,真正玩的时候不多。但由于心情还好,感觉还是不错的。况且,关了手机,过了几天自由自在的神仙日子,这真是我有生以来所没有过的清闲时光。

我终于毫无保留地投入到九寨沟这大自然的怀抱中了。

都说九寨沟美丽如画,身临其境,确实名不虚传。九寨沟,据传是因为在这个延绵起伏的山脉的山沟之中,长期居住着九个藏族村寨而得名。

由于与世隔绝,成了世外桃源之地。而这里的美丽景色就如藏在深闺中的美丽姑娘,美轮美奂。

九寨沟,这是个非常诗意的名字,很多人说,九寨沟是人间最美的天堂。进入九寨沟景区,还真就像进入了一个人间仙境。到九寨沟旅游之前,我观赏过无数美景,然而还是这个九寨沟最让我心动。这里的山,青葱妩媚;这里的水,澄澈缤纷。水静云动,光景变幻,我想用风景秀丽,如诗如画,如梦如幻来写我的九寨沟游记一点都不过分。

行走在这绿荫花墙之中,心旷神怡。你看那飞瀑翠岗、长海如镜、原始风光、雪皑茫茫,置身其间,还真有走进了童话世界的恍惚。

五彩池给我的第一印象还是一个字:美,美得无法比喻。如果不是亲眼所见,真的不敢相信,池中水有淡白、墨绿、浅绿、深蓝、天蓝,五种颜色,太神奇了,越看越觉得这次到九寨沟旅游大开了眼界。为什么这里的池中水会有五种颜色? 为什么还都不相溶? 而这些颜色却又搭配得是那样和谐,那样令人神往,湖底的石块色彩斑斓,仿佛镶嵌在湖底的一颗颗明珠。

神游九寨

七日失踪为何由?
几度神往九寨沟。
天堂美景阅不尽,
童话世界任我游。

是呀,九寨沟优美的风景让我乐不思蜀。一鼓作气我来到了九寨沟最高景点——长海。

这是九寨沟湖面最宽阔、湖水最深的海子。长海对面的群峰,是那一座座寒光逼人的冰峰。

站在长海这碧绿的世外桃源,谁不想定格在这美妙之中?人们都停留下来,纷纷拿出照相机忙碌了起来。

走着,走着,突然间,我的眼前为之一亮。一位身着藏服的美丽女孩一下子就映入我的眼帘。细细看来,女孩长得秀秀气气,不仅有诗书上说的增一分则胖,减一分则瘦的婀娜身姿,更有那施朱则太艳,敷粉则太白的冰肌玉骨。你看她,身穿当地藏服,华美的头饰,炫丽的衣裙,活脱脱简直就是从天上飞奔而来的仙女呵。

此时此刻,在我心中,九寨沟如画的景色已在眼里慢慢地模糊起来,剩下来的,就只有这位女孩脸上那甜甜的微笑了。

这么美貌的姑娘,世上仅有,天下无双。没撞到没话说,既然老天爷送上门来了,那我怎能不和她留下个纪念呢?否则,那也太对不起人家姑娘呀。

时间在一分一秒地流失。可我还是没想到什么好办法和她接近。在我面前,只见一个个人照相过去了,又一个个人过来照相了……对,何不请她和我合个影呢?不错,合影是个好主意。面对这样一位令我头一回怦然心动的女孩,我的心中忽然闪出了这个念头,要能和这样的女孩合个影,成为永久的纪念,该有多好啊。

然而,请姑娘合个影,谈何容易?人家又不认识你,凭什么要答应你的要求?万一开口遭拒怎么办?一向内向的我从来不太和女孩子接近,更何况是与一位不认识的女孩子开这样的口,大庭广众之下,多么的难为情呀。如果遭拒,那更是无地自容呀。

但姑娘那美丽的倩姿实在是挡不住的诱惑。看来,这回是豁出去了。再不开口,可能就要失去这个千载难逢的机会了。

人慢慢地少了。于是,我蠢蠢欲动地壮着胆子来到女孩身边。

我能同你合个影吗?我鼓起十二分的勇气,终于站在姑娘面前说

话了。

好啊,姑娘大大方方地同我站在一起,摆起了合影姿势。听她口音,不像本地人,而且感觉她同人照相,也完全是一副好开心的模样。

我又鼓足勇气,向她提出了一个最低要求,我能把手放在你的肩上吗?

可以啊,女孩落落大方,让我受宠若惊。

这时,我小心翼翼地伸出我的左手轻拥着女孩,很小心很小心地簇拥着她,我,陶醉了!

闪光灯一亮,我和我心中的女神一起被摄入相片之中,定格在那一瞬间的,还有我那数不尽的牵挂和爱恋。

请人拍完照片后,我突然想到要留下女孩的通讯地址,以便把照片寄送给她。那一刻,我的心中一直在挣扎着,是不是可以问女孩要个通讯地址呢?思前想后,考虑再三,最终还是没能向女孩开口,怕只怕这样做会引起女孩的反感,遭到她的拒绝。这,差点铸成了我终身的遗憾。

那一刻,我唯一能做的一件事,就是呆呆站在那儿。看着仙女飘去的背影,不敢再惊动她一下,哪怕是向她要一个电话号码。

九寨归来

川西归来不言山,

九寨归来不看水。

山清水绿叫人醉,

"海底孔雀"展翅飞。

照片很快就洗出来了。我欣喜若狂,爱不释手。发现除了那张同女孩在一起的合影外,我的另一张照片边上,也出现了那位女孩的倩影。一时,我沉浸在无比快乐的幸福之中。

我多么想把这张照片寄给她啊!只是,我很遗憾。因为自己的胆怯,居然不敢问女孩的通信地址。从而使这张照片,已成了一张几乎是永远也发不出去的照片了!这又成了我心中一块难以除去的心病。

为了寻找她,两个月之后,我怀揣着这张照片,又故地重游了一遍。希望能在长海这里再次遇到那位藏族姑娘,并将照片亲自送到她的手中。但,这可能吗?这难道不是天方夜谭吗?面对长海、雪山,睹物思人,我只能长天恨海!只能饮恨雪山!

再会九寨沟

月后重游九寨沟,

历历在目老朋友。

有缘千里再相会,

前度藏姑何处有?

照片虽然发不出去,但愿我的心愿能够传递到她的家乡:如今的你可好?你可曾穿上美丽的婚纱?你可想起曾在九寨沟合过影的那位好朋友?

藏族姑娘,这一切,你可曾知道?我还要告诉你,只要这张照片你没有收到,我就会一直寻找下去。我要带着这张照片第三次、第四次……到我们相遇合影的地方——九寨沟去,去寻找你留下的每一个脚印,去回味你曾散发出来的每一缕呼吸的气息,去追忆你那充满青春活力的、叫人难忘的、美妙身影和那富有磁力的、世上独一无二的倾城而又清纯的笑容!

这次生日之旅,让我对九寨沟这个人间天堂充满了遐想。是呀,放眼望去,那五彩海底的景色,犹如孔雀开屏;那朗朗夏日、迷人枫叶,我们又

第三辑
西部览胜

恰似翱翔在梦幻仙境、人间天堂;九寨沟那醉人的身姿,不就是一位天生
丽质的诗人吗? 在她的怀抱,她那抚摸的欢畅、亲吻的甜香、呼吸的灵气,
让我如痴如醉如狂。忽然间,我深深感到,好像在这里,我找到了心目中
永远的知音、一生的偶像——《我爱你,如诗的九寨》。

我爱你啊

如诗的九寨

我爱你绿荫花墙

我爱你飞瀑翠岗

我爱你长海如镜

我爱你原始风光

我要把你醉人的身姿带回家乡

让我永远永远地将你珍藏

我爱你啊

如诗的九寨

我爱你春色绵长

我爱你夏日朗朗

我爱你秋叶迷人

我爱你冬雪茫茫

我要把你五彩的景色告诉亲友

让人们争先恐后地将你欣赏

我爱你啊

如诗的九寨

我爱你貌美藏姑

我爱你海底孔雀

我爱你童话世界

我爱你人间天堂

我要把你梦幻般的神奇永存心上

让我们久久地在仙境中翱翔

我爱你啊

如诗的九寨

我爱你抚摸的欢畅

我爱你亲吻的甜香

我爱你呼吸的灵气

我爱你迷人的形象

我要把你诗人的气质反复吟唱

让我们知音般的爱恋欢歌无限地久天长

　　都说网络是一个大世界，我试着将这段经历配上与那位藏族姑娘微笑的合照，以《一张发不出去的照片》为标题发到网站上。

　　我发此帖的用意是：如果，上苍有知，能将我的话传递给她，至少，我要让她知道，在一个也许是很遥远的地方，有一个曾与她有一面之交的朋友，正在为如何寄出她的这张倩影而犯愁、苦恼！

　　想不到这帖一夜之间就火了起来，几天之后点击率一下子飚升到十多万人次。

　　有那么多点评的帖子，我一个一个地细看着并给予回帖。我真的不敢相信，世界上竟有这么神奇的事情！在回帖当中，竟然有个她！原来她就生活在与我省（江西）为邻的安徽省。事后我才知道，她不是藏族姑娘，那天她是特意穿上当地藏服拍照片留影的。

第三辑 西部览胜

无意之举,竟然让我发现了一个新大陆。我不禁激动起来,与我邻省的合肥姑娘在帖中说:照片中的那位女孩,就是我。

于是,这张照片终于发出去了!我的爱情也就从此来临了……

荡漾泸溪河

那天大清早起来,与朋友相约一起来到江西鹰潭市龙虎山游玩。刚一下车,就被山中宁静、清凉的气场奋力托起。我们入住的酒店因其坐落于风景秀丽的龙虎山游客接待中心入口处,显得特别醒目,因而号称龙虎山门前第一酒店。宾馆周围大树婆娑,房内随手可触摸阳光,贴近绿叶,倒也是个很适合山居的地方。

得知我们要去游玩龙虎山,宾馆总经理热情地把手一指:前面就是入口处。

我们由此直接进入山门,沿着两旁站满了绿树的甬路往前走便到了泸溪河。

大家小心上筏,注意安全。在艄公的提醒下,我们安全上了竹筏。但见艄公将竹篙轻轻一点,竹筏便像一支离弦的箭似的向前驶去。

竹筏载着我们驶进了一片蔚蓝的绿水中,泸溪河就像一条隐蔽的通道,把我们送入仙境。

这里真是个消暑的好地方呀。同行的朋友两臂伸展,无限感慨地说:置身其间,真是让人赏心悦目,心旷神怡呀。

竹篙击打流水的"哗哗"声,仿佛是一阕动听的音乐。随着竹筏的移动,龙虎山秀美的画卷也随之在我们眼前缓缓地铺展开来。

河水在平静地流淌,木船在逆水中穿行。两岸迎面而来的是一座座赤色,孤绝的山体。同伴中有人自告奋勇地当起了我们的导游:早在东汉永元二年(九〇),第一代天师张陵携弟子云游,由淮入鄱阳湖,溯信江,沿泸溪河逆水而上,至龙虎山,见两岸奇峰怪石林立,恍如仙境,便弃舟上岸,结庐炼丹,丹成而龙虎现,龙虎山因此得名。

龙虎山虽然不像庐山、黄山那样高耸险峻,有雄伟的山峰、飞扬的瀑布,然而,由九十多个形态各异的小山包组成的龙虎山却有着自己独特的风景。这些山顶或连绵不断,或亭亭玉立,让我们目不暇接。仔细看上去,有的像大象、老虎、有的像盘龙、蘑菇等,卧伏在群山之中,是那样神秘美丽。

木船在平缓的泸溪河上游弋,不时还有载着游客的竹筏漂流而下。沿着两岸风景,我们东张西望,看不过来。远远近近,移步换景,山天水色,皆可描画。

那一片片葳蕤的竹林,绵延千米,青翠欲滴,微风拂过,轻轻摇曳,有一种袅娜的美感。

那一大块开阔的滩地上,一个茂密的果园,栽种着梨树、桃树等,树冠如盖,真是美轮美奂。

小小的竹筏载着我们沿着泸溪河顺流而下,清凉的河水从竹筏缝里涌了上来,浸湿了我们的裤腿。竹篙和竹排溅起的浪花,打湿了我们的衣裳。成群的小鱼,来去倏忽,鳞片闪闪发光,仿佛洒落水中的片片铝箔。水浅的地方,河底的石子历历可见。

我稍稍侧一下身子,把手伸进竹筏外缘旁的河水里,水流从指缝间流过,滑腻、凉爽,一股十分惬意的感受沿着手臂飞快地传导到心田。

置身于大自然的山山水水,让人放下疲惫,享受轻松,我笑声爽朗地

说：真是不枉此行。

泸溪河两岸奇峰怪石很多，青山密林，流泉瀑布，不是仙境，胜似仙境。乘船筏览泸溪河之胜，就如置身山水画廊之中。

途中经过一个小山村，从竹筏上望去，村子背倚丹山，面朝碧水，几排古老的房屋，高低错落，掩映在古樟树和竹林之间，这便是古越民俗文化村，包括古越村和"无蚊村"的许村。

位于泸溪河水岩段东岸的古越村，是依据古越人"水行而山处"的生产、生活习性而设计的文化景观。无蚊村三面环山，一面临水，有许姓人家四十余户，因村里一年四季没有蚊子而闻名。

据说这许村的村民都是上古年代隐士许由的后裔。许由隐于箕山，因贤良而闻名天下，尧帝先是要将帝位传给他，他坚辞不受，后又召为九州长，他仍旧是拒绝。非但如此，还特意跑到颍水边，掬泉洗耳，因为耳朵听到了那些有关功名利禄的话，淡泊寡欲的心境受到了玷污。这个举动，足证其超凡脱俗无欲无求。

有道是心由境生，在这样远离尘世扰攘的地方，面对与世无争的人们，习惯了匆忙喧嚣的都市生存的我们，也不由得体验到一种久违了的无所羁绊的感情，甚至于泛起片刻的归隐之想。

遁入空门，忘却尘世的烦忧，我深有感触地说：这何尝不是凡生的又一种境界？更不失为人生的一大快事呢？

龙虎山丹霞地貌所特有的色彩，更为风景添加了一重奇异的魅力。由红色沙砾岩构成的峰峦，呈紫红色或赭褐色，远远望去，云蒸霞蔚。阳光照在上面，五色纷呈，红紫斑斓，分外妖娆。水面上则是或波光潋滟，或静影沉璧，呈现出一派生动的层次感。

泛舟泸溪河上，两岸诸峰次第映入眼帘，或一柱耸立，直抵云天，或巨石成磐，如蹲如踞，但都是奇崛陡峭，直上直下，仿佛斧头劈下的一样。单独地端详每座山峰，也姿态各异，独具魅力。

仅从峰峦的名字，就大略能够想见其形貌了。"金驼跋涉"，一头巨大的骆驼，经长途行走疲惫了，暂时趴在地上小憩一下，头部抬起，平视前方，神态安详。

"仙猴会师"，一群猴子把头部凑在一起，耳鬓厮磨，憨态可掬……

距许村不远处，还有一座孤峰被称为"迅翁峰"，那可真是鬼斧神工，活脱脱就是一座鲁迅侧面头像雕塑。那突出的前额，浓重的眉毛，粗黑的短髭，凝视的眼神，凛然而刚毅，简直就是现实中的鲁迅再现。

龙虎山不仅风光秀丽，崖墓更是中国一绝。崖墓葬是古越、僚人特有的一种丧葬形式，也是我国多种葬法中最古老、最特别的一种丧葬形式。从简易栈桥过河，我们找了一个观看悬棺的最佳位置，可以比较清晰地看到一串悬棺，据说那一串是一个家族的。看完升棺表演，我们终于了解到龙虎山悬棺之谜。

不觉之间，暮色浓重起来。恍惚之间来到一条山中的古街，沿河吊脚楼、码埠，岸边偃伏着大石头，平坦如砥。有三五浣纱村妇、捣衣少女蹲着，或浣衣，或洗菜。在她们身边，有孩童戏水，渔舟系岸，更有成群的白鸭浮水游弋，意态悠然，给这江南古镇构筑成了一条韵味十足的孕育着独特地方民俗与风情的风景线。

置身这条风景线上，我们仿佛已与之融为一体。在这龙虎山浓重诗意的包围之中，在这夕阳霞光映照的朦胧之下，陶醉其间，我们熏然的竟忘记了归途。

第三辑 西部览胜

西部览胜

　　早就听说甘肃省境内历史文化古迹和自然景观很多,相约几位朋友,我们便开始了西部之行。

　　一路之上,我们看到了那一片片黄土高坡和高坡之下数不清的窑洞。这不由让我们触景生情唱起了《黄土高坡》这首歌曲来——

　　　　我家住在黄土高坡,

　　　　大风从坡上刮过。

　　　　不管是西北风还是东南风,

　　　　都是我的歌,我的歌……

　　我们一行十多人先是来到莫高窟参观。莫高窟俗称千佛洞,位于甘肃敦煌市东南二十五公里处,开凿在鸣沙山东麓的断崖上。在鸣沙山东麓五十多米高的崖壁上,洞窟层层排列。

　　据记载,前秦建元二年（三六六）,一位法名乐尊的僧人云游到此,因看到三危山金光万道,状若千佛,感悟到这里是佛地,便在崖壁上凿建了第一个佛窟。以后经过历代的修建,迄今保存有北凉至元代多种类型的洞窟七百多个,壁画五万零一百一十平方米,彩塑两千七百余身。

　　据说,经过十六国、北魏、西魏、北周、隋、唐、五代、宋、西夏、元诸代相继凿建，这里遂成巨大的石窟群。南区近千米长的崖面上，洞窟鳞次栉比，密若蜂房，中部尤为集中，上下多达五列，已编号洞窟四百九十二个，存壁画四万五千余平方米，彩塑两千四百一十五身，唐、宋木构窟檐五座，莲花柱石和铺地花砖数千块。莫高窟规模宏大，内容丰富，历史悠久，位列全国石窟之冠，也是世界上现存规模最宏大、保存最完好的佛教艺术宝库。

导游讲解说：敦煌艺术的内容包括建筑、雕塑和壁画，三者结合为统一的整体，窟的形制有禅窟与中心柱、方形佛殿式的覆斗式。塑像是敦煌石窟艺术的主体，除了几尊高达数十米的石胎泥塑外，都是彩绘泥塑。壁画大致可分为佛像、神怪、故事、肖像、经变、佛教史迹、装饰图案画等七大类型。

导游讲的远，我们听的真：十六国晚期（北凉）的洞窟，继承和发展了河西走廊汉晋文化的传统，同时由于敦煌与西域各国交流频繁，显现出明显的西域艺术风格。西魏洞窟开始出现中原艺术新风，以中国神话为内容，以秀骨清像为造型特征，注重神韵气度表现。北魏时期壁画多以土红色为底色，用青、绿、赭、白等色敷彩，色调热烈厚重。西魏以后则多用白色壁面为底色，色调趋于清新雅致。

据说，隋代是敦煌艺术发展史上体现变革精神的活跃时期，在敦煌艺术的发展上起了承上启下的作用。

唐代是敦煌艺术的黄金时代。我们清楚地看到，唐代彩塑千姿百态，高达三十多米的特大塑像已经出现，壁画题材繁多，场面宏伟，金碧辉煌。人物造型、敷彩晕染和线描技巧，都达到空前的水平。

当我们来到第一百五十六窟面前，导游说的特别仔细：第一百五十六窟的张议潮出行图和宋国夫人出行图，两幅画中表现晚唐时期归议军节度使张议潮和夫人出行的情景。在横幅长卷式壁画上，仪仗、音乐、舞蹈、随从护卫等人物分段布满画面，组成浩浩荡荡的出行行列，开创了莫高窟在佛窟内绘制为个人歌功颂德壁画的先例。

第三辑 西部览胜

艺术匠师们在融合外来艺术精华和继承、发展前代传统技法的基础上，创造出了具有民族特色的中国佛教艺术。

导游介绍说：五代洞窟承袭了晚唐的遗风。宋代洞窟、形制、内容及技法多沿袭五代旧式，有少数精美之作。西夏时期基本上没有新开洞窟，只对前代洞窟进行了重修。元代的洞窟从内容到形式都展现出一种新的风貌，有些精湛的佳作出现。

这一时期的壁画中，虽然新题材很少，但在构图和敷彩上却有特点，构图锐意简化，色彩多用大面积的绿色为底色，用土红色勾线，整个画面色调偏冷。壁画中较多地使用沥粉堆金手法，这是前代所少见的。

我们看到，在敦煌壁画中所描绘的当时一些社会生活场景，反映了我国古代狩猎、耕作、纺织、交通、作战以及音乐舞蹈等生产活动和社会活动各个方面的内容。壁画中各类人物形象，保留了大量的历代各族人民的衣冠服饰资料。壁画中所绘的大量的亭台、楼阁、寺塔、宫殿、城池、桥梁和现存的五座唐宋木结构檐，是研究我国古代建筑的形象图样和宝贵资料。

从这里我们较多地了解到，我国的雕塑和绘画已有数千年的历史。美术史上记载许多著名画家的作品多已失传，而敦煌艺术的大量壁画和彩塑为研究我国美术史提供了丰富的实物资料。

如今，现在敦煌学已成为国内外学者瞩目的学科，敦煌遗书被学术界誉为近代古文献的四大发现。一九八七年十二月敦煌莫高窟被联合国教科文组织遗产委员会列入《世界遗产名录》。

在参观了敦煌莫高窟之后，我们又走进了闻名遐迩的鸣沙山中。

鸣沙山和月牙泉位于甘肃省河西走廊西端的敦煌市。据悉，敦煌是古代"丝绸之路"上的名城重镇。在漫长的中西文化交流的历史长河中，这里曾经是中西文化名流荟萃之地。由于彼此之间的取精用宏，相互交融，创造了世界瞩目的"敦煌文化"，为人类留下了众多的文化瑰宝。这里不仅有前面已参观的举世闻名的文物宝库——莫高窟，还有"大漠孤烟、边墙障，古道驼铃，清泉绿洲"等多姿多彩的自然风貌和人文景观。其中鸣沙山、月牙泉，就是敦煌诸多自然景观中的佼佼者。古往今来以"沙漠奇观"著称于世，被誉为"塞外风光一绝"。

导游介绍说：鸣沙山位距城南五公里，因沙动成响而得名。山为流沙积成，沙分红、黄、绿、白、黑五色。汉代称沙角山，又名神沙山，晋代始称鸣沙山。其山东西绵亘四十余公里，南北宽二十余公里，主峰海拔一千七百一十五米，沙垄相衔，盘桓回环。沙随足落，经宿复初，此种景观实属世界所罕见。

最为让人惊叹的是，在群沙之中，竟然还存留着一汪水池——月牙泉。

月牙泉处于鸣沙山环抱之中，其形酷似一弯新月而得名。据说，古称沙井，又名药泉，一度讹传渥洼池，清代正名月牙泉。月牙泉面积十三点二亩，平均水深四点二米。我们看到，月牙泉水质甘洌，澄清如镜。流沙与泉水之间仅数十米。但虽遇烈风而泉不被流沙所掩没，地处戈壁而泉水不浊不涸。这种"沙泉共生，泉沙共存"的独特地貌，确为"天下奇观"。

鸣沙山和月牙泉是大漠戈壁中一对孪生姐妹，"山以灵而故鸣，水以神而益秀"。游人无论从山顶鸟瞰，还是泉边畅游，都会骋怀神往。确有"鸣沙山怡性，月牙泉洗心"之感。

数千年来沙山环泉，泉映沙山，犹如一块光洁晶莹的翡翠镶嵌在沙山深谷中，"风夹沙而飞响，泉映月而无尘"。古人有诗唱咏："晴空万里蔚蓝天，美绝人寰月牙泉。银山四面山环抱，一池清水绿漪涟！"

导游接着说：鸣沙山中奏出的鸣沙声又叫响沙、哨沙或音乐沙，它是一种奇特的却在世界上普遍存在的自然现象。据说，美国的长岛、马萨诸塞湾、威尔斯两岸；英国的诺森伯兰海岸；丹麦的波恩贺尔姆岛；波兰的科尔堡；还有蒙古戈壁滩、智利阿塔卡玛沙漠、沙特阿拉伯的一些沙滩和沙

漠,都会发出奇特的声响。

世界上已经发现一百多种类似的沙滩和沙漠。鸣沙这种自然现象在世界上不仅分布广,而且沙子发出来声音也是多种多样的。比如说,在美国夏威夷群岛的高阿夷岛上的沙子,会发出一阵阵好像狗叫一样的声音,所以人们称它是"犬吠沙"。苏格兰爱格岛上的沙子,却能发出一种尖锐响亮的声音,就好像食指在拉紧的丝弦上弹了一下。而在我国的鸣沙山滚下来,那沙子就会像竺可桢描述的那样,会"发出轰隆的巨响,像打雷一样。"

听导游小吴介绍,关于月牙泉、鸣沙山的形成还有一个故事:从前,这里没有鸣沙山也没有月牙泉,而有一座雷音寺。有一年四月初八,寺里举行一年一度的浴佛节,善男信女在寺里烧香敬佛,顶礼膜拜。当佛事活动进行到"洒圣水"时,住持方丈端出一碗雷音寺祖传圣水,放在寺庙门前。忽听一位外道术士挑战,要与住持方丈斗法比高低。术士挥剑作法,口中念念有词,霎时间,天昏地暗,狂风大作,黄沙铺天盖地而来,把雷音寺埋在沙底。

奇怪的是,寺庙门前那碗圣水却安然无恙,还放在原地。术士又使出浑身法术往碗内填沙,但任凭妖术多大,碗内始终不进一颗沙粒。直至碗周围形成一座沙山,碗中圣水还是安然如故。术士无奈,只好离去。刚走几步,忽听轰隆一声,那碗圣水半边倾斜变成一湾清泉,术士变成一摊黑色顽石。原来这碗圣水本是佛祖释迦牟尼赐予雷音寺住持,世代相传,专为人们消病除灾的,故称"圣水"。由于道士作孽残害生灵,便显灵惩罚,使碗倾泉涌,形成了这汪月牙泉。

置身鸣沙山中,令人神清气爽。这里有两个奇特之处:人若从山顶下滑,脚下的沙子会呜呜作响;白天人们爬沙山留下的脚印,第二天竟会痕迹全无。鸣沙山,沙峰起伏,山"如虬龙蜿蜒",金光灿灿,宛如一座金山。鸣沙山处于腾格里沙漠边缘,与宁夏中卫市的沙坡头、内蒙古达拉特旗的响沙湾和新疆巴里坤哈萨克自治县境内的巴里坤镇同为我国四大鸣沙山之一。

我们问导游:鸣沙山为何会发出声响?导游小吴介绍说:第一种解释为静电发声说。认为鸣沙山沙粒在人力或风力的推动下向下流泻,含有石英晶体的沙粒互相摩擦产生静电。静电放电即发出声响,响声汇集,声大如雷。第二种解释为摩擦发声说。认为天气炎热时,沙粒特别干燥而且温度增高。稍有摩擦,即可发出爆裂声,众声汇合一起便轰轰隆隆而鸣。第三种解释为共鸣放大说。沙山群峰之间形成了壑谷,是天然的共鸣箱。流沙下泻时发出的摩擦声或放电声引起共振,经过共鸣箱的共鸣作用,放大了音量,形成巨大的回响声。

导游又说:一九七九年,我国学者马玉明写了一篇名叫《响沙》的文章,他认为,响沙的"共鸣箱"不在地下,而是在地面上的空气里边。响沙发出声响,应该有三个条件:第一个条件是沙丘高大陡峭;第二个条件是背风向阳,背风坡沙面还必须是月牙状的;第三个条件是沙丘底下一定要有水渗出,形成泉和潭,或者有大的干河槽。

我们在鸣沙山奇妙的世界里一时还未回过神来,导游已将我们带到了火焰山中。

吐鲁番火焰山位于吐鲁番市东北十公里处,东西走向,长九十八公里,宽九公里,主峰海拔八百三十一点七米。每当盛夏,山体在烈日照射下,炽热气流滚滚上升,赭红色的山体看似烈火在燃烧。火焰山是全国最热的地方,温度高达八十多摄氏度。在这样的高温条件下,虽然它的表面寸草不生,但山腹中的许多沟谷绿荫蔽日,溪涧潺潺,是火洲中的"花果坞",著名的葡萄沟就在这里。

吐鲁番火焰山有其独特的自然面貌,加上明代晚期吴承恩将唐三藏取经受阻火焰山,孙悟空三借芭蕉扇的故事写进著名古代小说《西游记》,把火焰山与唐僧、孙悟空、铁扇公主、牛魔王联系在一起,使火焰山神

第三辑 西部览胜

奇色彩浓郁,遂成一大奇山,闻名天下。游人到火焰山,还能看到唐僧路过时的拴马桩——一柱凌空的山石还屹立在胜金口内;远处一片平顶的山坡,则是唐僧上马的踏脚石;拴马桩东,隔峡谷有一高峰顶着一块活像长嘴的巨石,人称八戒石;一边看着奇景,一边说起孙猴子借铁扇公主芭蕉扇扇灭火焰山烈火的故事。

此行虽热,但我们浑然不觉,这里的传奇故事反倒令我们全无热感,趣味盎然。

来到新疆,给我们印象最深的,就是让我们亲身感受到了"早穿棉衣午穿纱,晚上围着火炉吃西瓜"的真实写照。在这个城市里,我们一天要换三次衣服。否则,一不小心,就会感冒。虽说出外我们是随身带了不少药品,但一旦生起病来,那这趟旅行也就不是玩乐而是受罪来了。所以,天气的稍许变化,我们都如临大敌,不敢有半点懈怠。

说起引誉中外的吐鲁番地区,导游便又滔滔不绝起来:吐鲁番地区自古就是丝绸之路上的一颗绚丽明珠。人类的三大文明在这里融汇,曾演出一幕幕扣人心弦,惊心动魄的历史剧……

参观吐鲁番坎儿井民俗园,我们所看到的,处处都是一幅幅如诗如歌的画面。那绿荫蔽日,风景秀丽,流水潺潺,瓜果飘香的棚架,弥漫着葡萄的清香,翠绿的果园,结满了丰收的喜悦。

听导游介绍后,我们才知道,坎儿井,这是古代新疆人们的一大创举。由于这里天气炎热,天山上的雪水融化后往山下流,雪水流不到半山腰处,就全被太阳蒸发殆尽。没有水源,这里就寸草不生。为了让雪水能够流到地面上来,古代新疆人们在天山上每隔一段山腰处就挖一口井,让雪水从山中一直引流到地面上来。由于有了水流,从此人们才能有水种植葡萄等果树和农作物。通过这最生动、最直观的坎儿井实体模型,让我们深深感受到,这里凝聚着勤劳与智慧的古代新疆人们所开创的人间奇迹。

离开火焰山,我们直奔西安。我们一来到西安,就驱车前往华清池旅游胜地。华清池亦名华清宫,位于西安市东约三十公里的临潼骊山脚北麓,也是中国著名的温泉胜地。这里温泉水与日月同流,不盈、不虚。每天都有很多游人在这里洗温泉澡。

导游说:相传西周的周幽王曾在这里建离宫。秦、汉、隋各代先后重加修建,到了唐代又数次增建,名曰汤泉宫,后改名温泉宫。到了唐玄宗时又大兴土木,治汤井为池,环山列宫殿,此时才称华清宫。因宫在温泉上面,所以也称华清池。华清池又叫"海棠汤",俗称"贵妃池",因平面呈一朵盛开的海棠花而得名。"莲花汤"是玄宗皇帝沐浴的地方,是一个可浴可泳的两用汤池,此等汤池,充分显示了至高无上、唯我独尊的皇权威严。池底一对进水口曾装有双莲花喷头同时向外喷水,并蒂石莲花象征着玄宗、贵妃的爱情。

华清池大门上方,有郭沫若书写的"华清池"匾额。进了大门,就见两株高大的雪松昂然挺立,两座宫殿式建筑的浴池左右对称,往后是新浴池。由新浴池往右行,穿过龙墙便是九龙湖,湖面平如明镜,亭台倒影,垂柳拂岸,湖东岸是宜春殿,北岸是飞霜殿为主体建筑,沉香殿和宜春殿东西相对,西岸是九曲回廊。由北向南过龙石舫,再经晨旭亭、九龙桥、晚霞亭,便到了仿唐"贵妃池"的建筑群。

我们看到,华清池温泉共有四处泉源,在一石券洞内,现有的圆形水池,半径约一米,水清见底,蒸汽徐升,脚下暗道潺潺有声。温泉出水量每小时达一百一十三吨,水无色透明,水温常年稳定在四十三度左右。四处水源眼中的一处,发现于西周公元前十一世纪至前七七一年时代,其中三处是新中国成立后开发的。水内含有石灰、碳酸钠、二氧化硅、氧化铝、硫黄、硫酸钠等多种矿物质和有机物质。

听导游说:这里的温泉水不仅适于洗澡淋浴,同时对关节炎、皮肤病等都有一定的疗效。

今天的华清池,名山胜水更显奇葩,自然景区一分为三,东部为沐浴

场所,设有尚食汤、少阳汤、长汤、冲浪浴等高档保健沐浴场所,西部为园林游览区,主体建筑飞霜殿殿宇轩昂,宜春殿左右相称。园林南部为文物保护区,被誉为"骊山温泉,千古涌流"的骊山温泉就在于此。

接着参观的秦始皇兵马俑,让我们对祖先创造的奇迹叹为观止。秦始皇兵马俑是在一九七四年发现的,随后在这里建了一个规模宏大的博物馆。举世罕见的秦兵马俑博物馆开放后,很快就轰动了中外,被认为是我国古代的奇迹,是当代最重要的考古发现之一。

秦兵马俑以其巨大的规模,威武的场面,和高超的科学、艺术水平,使观众们惊叹不已。古城西安由于有了秦兵马俑博物馆,很快就成了我国最重要的旅游城市之一。国内外游人纷纷慕名而来。来我国访问的外国元首和其他贵宾,多数都要把参观兵马俑列入日程之中。

导游介绍:兵马俑坑在秦始皇陵东侧约一公里半,先后发现一、二、三号三个坑。兵马俑一号坑是当地农民打井时发现的,后经钻探先后发现二、三号坑。一号坑最大,东西长二百三十米,宽六百一十二米,总面积达一万四千二百六十平方米。在这个坑内埋有约六千个真人大小的陶俑,目前已清理出的有一千多个。在地下发现形体这么大,数量这么多,造型如此逼真的陶俑,实在是一件令人难以置信的事。

走进博物馆的大厅,只见在地下五米深的地方,整齐地排列着上千个像真人大小的武士。他们全身呈古铜色,高一点八至一点九七米,一个个威武雄壮,气象森严,令人望而生畏。还有如真马大小的陶马三十二匹。陶马四匹一组,拖着木质战车。

兵马俑的排列是三列面向东的横队,每列有武士俑七十个,共二百一十个,似为军阵的前锋。后面紧接着是步兵与战车三十八路纵队,每路长约一百八十米,似为军阵主体。左右两侧各有一列分为面南和面北的横队,每队约有武士俑一百八十个,似是军阵的两翼。西端有一列面向西的武士俑,似为军阵的后卫。武士俑有的身穿战袍,有的身披铠甲,手里拿的青铜兵器,都是实物。看得出,战士们组织严密,队伍整肃。几十匹战马昂首嘶鸣,攒蹄欲行。整个军队处于整装待发之势。

威武雄壮的军阵,再现了秦始皇当年为完成统一中国的大业而展现出的军功和军威。

这批兵马俑在艺术史上具有很高的价值。兵马俑的塑造,是以现实生活为基础而创作,艺术手法细腻、明快。陶俑装束、神态都不一样。光是发式就有许多种,手势也各不相同,脸部的表情更是神态各异。从它们的装束、表情和手势就可以判断出是官还是兵,是步兵还是骑兵。这里有长了胡子的久经沙场的老兵,也有初上战场的青年。身高达一点九六米的将军俑,巍然直立,凝神沉思,表露出一种坚毅威武的神情。那个武士俑,头微微抬起,两眼直视前方,显得意气昂扬而又带有几分稚气。那个身披铠甲,右手执长矛,左手按车的武士,姿势动作显示出他是保卫的车士俑。

这些陶俑具有鲜明的个性和强烈的时代特征。这一批兵马俑是雕塑艺术的宝库,它们不仅为中华民族灿烂的古老文化增了光彩,也给世界艺术史补充了光辉灿烂的一页。

导游接着说:兵马俑坑内出土的青铜兵器,有剑、矛、戟、弯刀以及大量的弩机、箭头等。据化验数据表明,这些铜锡合金兵器经过铬化处理,虽然埋在土里两千多年,依然刃锋锐利,闪闪发光,表明当时已经有了很高的冶金技术。因而,这也可以视为世界冶金史上的一大奇迹。

一趟西部之行,让我们了解了祖国大好河山这么多壮丽的人文景观,直令我们流连忘返,真是不枉此行。我不禁感叹:我们祖国的西部,真是一部人文景观、历史文化底蕴深厚的神奇史诗。于是我欣然命笔,写下了这首诗词《神奇西部》。

黄土高坡坡连坡,

风吹窑洞歌连歌。
不是亲身来相见，
哪知西部神奇多！

鸣沙山中有"月牙"，
戈壁滩上现光华。
莫高窟内佛成群，
大千世界有神功！

火焰山下火喷涌，
火焰山上草无踪。
不是今日汗不见，
哪知苦哉孙悟空！

华清池内寻美人，
兵马俑中找战将。
千年辉煌今犹在？
大雁塔燕乐悠悠！

葡萄欲滴吐鲁番，
哈密瓜儿蕊心田。
绿园新疆何飘香？
天山深处"蛟龙"盘！

特殊游客

十几位多年没见面的老同学欢聚一堂。于是,南昌近郊梅岭旅游风景区的乐山秀水,迎来了这批特殊的客人。

多姿多彩的梅岭,曾在历史深处透出一缕清香,循着苏东坡、文天祥、戚继光、汤显祖等人的足迹,谛听着驿道上"嘚嘚"马蹄声,我们这些年过半百的老同学,个个都像那三岁小孩一样,欢天喜地地投进了梅岭这位美人的怀抱。

这里古木参天,绿意葱茏,枝叶密得连阳光都难得渗下来;驿道宽四米半,远比云南盐津豆沙关看到的"五尺道"要宽阔、平坦得多。唐代以前,这里只有羊肠小道可供人行,唐开元年间,时任宰相的广东韶关人张九龄奉旨开辟此驿道,路开通后,"坦坦而方五轨",大大方便了南来北往的车马;到了明清时期,这里更是呈现出一派"商贾如云,货物如雨,万足践履,冬无寒土"的繁荣景象。

趁着明媚的春光,我们尽情地投入到大自然的怀抱里。听听婉转清脆的鸟语,闻闻沁人肺脾的花香,看看碧绿清澈、微波荡漾的洗脚湖水,呼吸呼吸那层林尽染的"氧吧"清新空气,真是叫人爽心悦目,心旷神怡。

来到洪涯丹井景区,已是拍卖行总经理的涂鹤林同学就向大家讲起了关于洪涯丹井的传说了。

传说洪涯是生活在四五千年前黄帝时期的一位仙人,他曾在梅岭的

瀑布山涧中凿井炼丹，最后终于成仙而去。如果只是这样，那梅岭不过是又多了一个得道成仙的故事。

而在当地的传说中，洪涯丹井还和中国古典音律的发现联系在一起，据说，洪涯就是中国史书中曾经记载的、中国音律的创始人——伶伦，伶伦制律的故事就发生在这里。

洪涯也就是伶伦来到梅岭，在这里他没有见到传说中的凤凰，而是沉醉于梅岭的青幽、空寂。也许空寂的世界中，更可以感受到自然的律动。大自然那无处不在的天籁之音包裹着他，感染着他，拨动着他的心弦，而他天才的耳朵分明听到了那蕴含在的大自然交响曲中的弦外之音。洪涯捕捉着那稍纵即逝的旋律，而就在这心与自然的对话中，他发现了音律的秘密。

中国音乐的发展史宛如一条漫漫长河，洪涯丹井的故事，也许只是这个历史长河中的一段佳话，而这个传说本身形成的历史却已非常悠久。据史料记载，早在中国的隋朝也就是公元六世纪以前，洪涯丹井就已经是一个高人名士争相踏访的海内名胜。洪涯丹井的瀑布、炼丹井，被历代视为一处仙人留下的"灵迹"。而洪涯丹井所在的梅岭也因此为中国的佛、道两家所重视，一时成为一座寺庙道观云集、香火鼎盛的名山。

古语说"山不在高，有仙则名"。在古代中国人的观念中，似乎对于一座山来说，是否有神仙的光顾，是一个非常重要的事情，大概也正是因为这一点，中国的名山大川，几乎处处都有神仙的传说，南昌城外的这座梅岭也不例外。

听完这个故事，一身疲惫的同学们自然兴致盎然。时至中午时分，大家就在景区野炊。我们带来的主要是羊肉等食品，吃完羊肉串等烧烤食品后，大家又自然围拢一块坐在草地上，有的在喝着矿泉水，也有的在哼着《青春之歌》电影主题歌《五月的鲜花》等儿时唱的歌曲——

五月的鲜花开遍了原野，

鲜花遮盖着志士的鲜血。

为了挽救这垂危的民族，

他们曾顽强的抗战不歇！

如今的东北已沦亡了四年，

我们天天在痛苦地熬煎，

失掉自由更失掉了饭碗，

屈辱地忍受那无情的皮鞭！

…………

仰望满天云彩，大家纷纷打开回忆的闸门，生命里经历过的许多往事历历在目……

享受回味，却原来这也是人生中特佳的一种休闲方式。这些经历了人间半个世纪的同学们，无意中竟也聊起了"幸福是什么"这个老套话题。

是呀，在这世界上活了这么久，幸福的味道究竟是何种感觉呢？我到现在还好像没有什么体会。曲娜嘉说。

幸福就是要有钱。报纸投递站站长曾彩媛说：有一生都用不完的好多好多的钱，那才活得快乐呢。

幸福就是要有权。工人万建新说：那种随意可以指挥别人的感觉那才叫爽呢。

幸福就是要有事业。骨科专家万小明说：只有事业上有了成就，才会有幸福的滋味。

幸福就是能多为人民服务。护士长孙莉莉说：每当我把一个病人照顾好了，就会感觉很开心。

幸福就是奉献。当老师的老班长喻正说：做支蜡烛，燃烧了自己，照

第三辑 西部览胜

亮了别人。能将自己全部知识教给学生们，让桃李满天下。那种感觉，那才叫真正的幸福呢。

幸福就是能找到一份自己最喜爱的工作。在工作中享受着快乐，那是一件多么美妙的事情呀。工厂买断工龄后一直没有找到一份好工作的熊建华同学说：这成天为找工作发愁的生活我真是过够了。

幸福就是能随时见到好朋友。远在祖国边陲新疆生在军人之家的毛新蜜说：我有时会在梦中见到老同学们，心中那种感觉就像吃了蜜糖一样香甜。

其实呢，幸福就是一个过程。厂长龙浪顺同学说：从前有个人认为老天不公，从来没让他幸福过。一次，他接过一位老者鱼竿，钓上一条鱼来。老者说，每天都能钓到鱼，这就是幸福的。

每天都能钓到鱼，多快乐呀，这当然算是幸福的生活。同学们齐声说。

可他不认为这就是幸福，龙浪顺同学继续说：接着，他到树林里接过了猎人的枪，打到一只野兔。猎人说，每天都能捕获野兽，这就是幸福。

没错呀，每天都有野味品尝，这人能不开心吗？同学们都说：这确实也算是幸福的。

可他还不满意这个答案，龙浪顺同学接着还是说到这个人：他又走过森林，穿过沙漠，见到上帝，问怎么才算幸福？

上帝回答说，这一路走来，你见识了无数别人难以见到的人和景物，这一路的享受，你还没感觉到这就是幸福吗？

同学们沉默了一会儿，想了想，都恍然大悟：是呀，到外面旅游了一番，能看到很多的新的人和景物，这当然是再幸福不过的事情了。

要说起来，原来我们大家都生活在幸福之中，曲娜嘉同学说：可我过去怎么就没感觉到呢？

大家见我坐在那儿一言不发，便说：你怎么不说话呀？又都围了过来，要我谈谈对幸福的看法。

各位同学说的都有道理。我说:还是让我来说段故事吧。

记得一九九八年那时,我随区招商团在深圳特区负责新闻发布会宣传有关工作,因事多累病了。在打了一个星期吊针病情稍好后,领导让我回家休息。不想一回到家,区里和全国大多数地区一样,遇上了百年未遇的大洪灾。

部里就我一位宣传干事。在这抗洪抢险期间,我只好带病出征。一方面我有守护南隔堤其中一段的任务(南隔堤是担负着全市人民生产、生命安全的大堤);另一方面,我还负责全区干群抗洪抢险宣传报道的任务。

于是,白天,我巡回在全区抗洪抢险险情最重的堤上采访。到了晚上,我就要来到南隔堤上巡堤。同时,在堤上挑灯写稿。待到第二天一早,将写好的稿件投到报社后,我又马不停蹄地赶往全区出现险情的圩堤采访。

那些日子,几乎天天都可以在省、市党报上看到我采写的抗洪抢险新闻特写稿件。由于不分日夜的工作,那折磨我十多年的严重失眠症病根,就在这时落下的。

十几年来,看过许多医生,吃过很多药,可失眠症状就是不见好转,且愈演愈烈,乃至出现了一个个整夜不能入眠的症状。如何让自己能够睡上一觉? 这已成了我今生最大的一个愿望。

失眠按说也是一种病,是病当然要去看医生。西医让我吃安眠药,吃后我整夜就像疯了一样极度烦躁。中医给我开了很多疗程的中药,吃尽多年"苦",却不见有"甜"来。好不容易寻访到一个民间偏方,一吃失眠症不但没改善,却因其中有很多营养品竟让自己吃成了个大胖子。

失眠症医治不好,可生命还得继续,治疗失眠的工程就还得进行。有人说数数可以入眠,我数到一万,还可以数到天亮。有人说听音乐、评书可以催眠,我从肖邦钢琴经典曲,到班得瑞的轻音乐,从单田芳的《三国演义》评书,到尼姑念经曲,怎么总是越听越兴奋? 也有人说看不喜欢的

书和电视,也能很快入梦。于是,电视看到出现"再见",一本厚书从头看到了尾,也还是没有一丁点睡意。也有人说喝酒好,从来不喝酒的我一口气喝了好几两白酒,这下好了,不但睡不着,还额外收获了个头晕病。

电视中养生大师说:一个成年人,一晚至少要睡足六个小时觉。而我有时一晚一个小时也睡不了,于是我就强迫自己躺在床上。心火来时,我家电风扇加空调一起上,第二天我和老伴就只好争先恐后上洗手间方便了。心悸来临,床上、地下、客厅、沙发,全都成了我的睡眠之处。失眠严重时,一分钟不到就要换一种睡姿。这样长时间频繁的"烙饼"动作,导致直接结果是与老伴"分居"。

听人说莲子心泡着喝可去心火,我一连喝了几天,还别说,还真有点管用,旺盛的心火一时竟然被压了下去。只是,心火压了下去之后,也还是依然难以入眠。只不过这时的失眠,没有烦躁,人一晚都处在异常清醒当中。这种失眠比起有心火烦躁的失眠,只是少去了翻来覆去的痛苦。

失眠时间长了,我发现,有时睡姿也很重要。那天,我无意中架起双脚睡,很是惬意,一下子就睡了几个小时。还有一次,大热天的,我用三床被子垫着睡,竟也睡意益然。但均好景不长,几番之后,这种方式也就失灵了。

又是一个不眠之夜。凌晨四时,在床上辗转反侧的我突发奇想,于是抱起被子、枕头一头投入到夜的海洋之中。小区内有个人工小池,边上有两排可以移动的木质沙发,供白天在这欣赏池中金鱼的人们坐观美景之用。我把俩沙发一合并,这便成了我的小床。当我将被子、枕头一放上,想不到在一片蛙声中我竟然睡到了大天亮。

如法炮制又睡了几夜之后,那晚下起了大雨,老天爷又将我带回了房中。当好不容易盼到星星、月亮又来当班那夜,这次兴冲冲去的我却是失望而归。闷热的夏夜不仅没有一丝风儿,蚊子也像赶集一样蜂拥而至,尤其是青蛙们也不叫唤了,它们就好像是集体失踪了一样。在这样一个宁静的夜幕中,我又如逃兵一样卷起被子回家了。

苦难的日子夜复一夜,年复一年。显然,我那黑眼圈增加了一圈又一圈,真不知道,这个世界上还有谁能救救我?

　　想尽了一切办法的我,这晚打起了方位的主意。长期以来朝西睡不着,我便倒转朝东。朝东依然难眠,又改向朝南。让人难以置信的是,这一晚我竟然从半夜三点多睡到了大天亮。让人意想不到的是,第二天我又以这种方式睡,奇迹出现了,半夜入眠,竟又睡到了大天亮。唉,只是不知何故,再后来就又睡不着了。

　　这天,我无意中翻看好友的博客,在其中看到一条《世界上超难找的一百个药方》博文,我迫不及待地快速浏览,目光停留在"用花生叶煎水晚上喝,三日失眠除根"这几个字上。我开始怀疑这药方的真实性,是呀,我已有十多年的失眠顽症,喝三天花生叶煎的水就能治好吗? 不管有用没用,试试总没有坏处吧。还有,很多朋友对我说:坚持锻炼也有好处。

　　周末,我与朋友相约,来到这风景如画的梅岭爬了一天的山。临睡前,喝了一碗鲜花生叶煎的水。竟然比平时提前了一个小时入眠。第二天傍晚,朋友约我打了几个小时的羽毛球。临睡前,又喝了一碗鲜花生叶煎的水。又比昨晚提前了一个小时入眠。第三天傍晚,我到附近老同学家中,在乒乓球桌上与之决一雌雄。让人难以置信的是,世上还真有奇事。这不? 临睡前喝完一碗鲜花生叶煎水后,我竟然很快就进入梦乡了。

　　老兄,你的黑眼圈好像淡了很多。几天后一位朋友见到精神矍铄的我,好奇地问:你有什么治疗失眠的灵丹妙药呀? 最近我失眠也很严重。我注意到老朋友真的也有了黑眼圈。可不知为什么,他用这个药方后竟一点效果也没有。弄得他每次见了我就是一句话:骗子!

　　我百口难辩,也就不辩,让他说好了。可是好景不长,过了不久,我的失眠症还是死灰复燃且越来越重了,乃至出现整夜整夜不眠的状况。原来这个用鲜花生叶煎水吃的药方也还真是不管用的。可我爱人那天只喝了一小口用鲜花生叶煎的汤水,却一倒到床上就睡着了。这又是怎么回

第三辑 西部览胜

事呢？后来我终于想明白了,这种用鲜花生叶煎的汤水治疗一般轻的失眠症是有效的,但它治不了严重的失眠症。

为此,我们全家人遍访神医,在亲人引荐下,我终于找到一个邻市鹰潭市专治失眠症的医院。我慕名来到医院专门设立的住院部治疗。从病情来看,医生说我得的是神经官能症,内火特别特别旺盛。一般失眠症需要十天一个疗程,严重的要二十天一个疗程,特别严重的要三十天一个疗程。我属于特别严重类型的,所以要三十天待在那儿让医生全天候观察。

于是,我来到这高温酷暑又没有空调的地方,自愿遵守这个医院严格的规章制度,前去实行了"三规"。在规定时间（三十天）、规定地点、规定打针（每天吊三瓶药、打四次针、吃十粒西药和两包中药）治疗。在院长和医生精心治疗、护理下,不久,我的睡眠状况比过去有了明显好转。过去一夜能睡一个小时就是很幸运的事情,现在我一晚竟能睡上近五个小时了。

同学们,我要告诉你们的就是,每当我能每天睡上五个小时的觉时,我就深深地感觉到,我就是这个世界上最幸福的人了！

嗬,大家异口同声地笑着说:想不到你希冀得到的幸福,竟然就这么简单？

你们可别笑话我。我补充说,小时候幸福是一样东西,得到了就是幸福;长大了,幸福是一个目标,达到了就会幸福;成熟了,幸福是一种心态,领悟了就是幸福。是呀,没有亲身经历过我这一段生活的人,你们又如何体会得到我那种幸福的味道来呢？要说起来,其实,幸福本身根本就没有定论。说到底,这幸福,那幸福,就是一句话,活着,就是幸福。

已是夕阳西挂,老同学们穿行在晚霞之中。是呀,对于老同学们来说,今天跋山涉水,劳累了一天,按理说,这应该是大家很疲惫之时。然而,看得出来,在大家满是汗水的脸庞上,布满了依依不舍的恋情。尤其是大家那双双、对对眼睛里,更是明显的渗透并盛满了欢快、幸福的眼神。

"红娘"野三坡

新婚之后的每年"七夕",我和爱人都要到野三坡风景名胜区去度过。因为,正是这里的一个美丽传说,让我们俩几乎被长辈宣判了"死刑"的婚姻"死而复生"。

那一年,我和我的女朋友(我的妻子),也是我的大学同学已恋爱多年,正当我们经过八年"抗战"已到瓜熟蒂落之际,却传来一个不幸消息:她的父母坚决反对我们俩结婚。一时陷入走投无路之境的我们,能想到的唯一的办法就是私奔。

我们游览了北京等地之后,又来到了野三坡风景名胜区。野三坡风景名胜区位于河北省涞水县境内,它处于太行山与燕山两大山脉交汇处,距首都北京一百公里,总面积四百九十八点五平方公里。景区内旅游资源十分丰富,景色独特,享有"世外桃源"之誉,堪称"天然植物园"和"野生动物王国"。

当我们来到一条深不可测的峡谷地带时,导游介绍说:现在看到的是海棠峪。野三坡百里峡景区是由三条峡谷组成的,海棠峪又是这三条峡谷中风景最美的,在海棠峪的尽头有一个天然形成的石桥。这个石桥在民间还有一个美丽的传说呢。

从前,有个诚实、善良的小伙子,名叫石善。石善的父母很早都去世了,他跟着哥嫂过日子。嫂嫂为人刻薄,百般虐待他,整天逼他上山砍柴。

这天,石善又独自上山砍柴。一直砍到晌午,才抬头擦擦汗,坐在石

头上喘口气，他把破了的上衣脱下来，挂在树枝上，自言自语道："如果母亲在世，我的衣服早被缝好了。"

语音刚落，突然，就见一个美丽的姑娘来到眼前，拿起他的衣服说："你的衣服我来缝好，以后你就不用为这事情发愁了。"说完，那姑娘就不见了。不一会儿，那姑娘又出现在石善面前，手里拿着那件已经缝补好的衣服，石善赶忙走上前，一边接过衣服，一边说："你是谁？为什么帮我补衣服？"

姑娘说："石善，你不要怕，我不会伤害你的，我是一只狐狸，在山上修炼成精，因常常见你上山砍柴，日子久了，不知不觉生了同情和爱慕之心。"话没有说完，姑娘便羞涩地低下了头。

石善不知如何是好，过了半晌，突然问道："你这样热心肠，作我的媳妇好吗？"

姑娘摇摇头。

"怎么，你不愿意？"

"不是我不愿意，只怕母亲反对。"

"那你好好和她商量商量。"

"光我说不行。"

"那我去求婚好吗？"

姑娘点点头，于是石善便跟着姑娘来到了一个山洞。这洞越往里走越宽敞，里面有一座修建得很精致的小庄院，院子周围有花草，还有果树，甭提有多美了。

来到屋里，见一位老太太坐在石椅子上。她见石善来了，就问："你来干什么？"

"老人家，我是来求婚的。"石善答道。

"不行，我们虽同情你，但是我闺女不能和凡人结婚。"

"我们相亲相爱，就应该接成百年的姻缘。"

"要知道，我们不是凡人。"

"你若不答应,我就跪在这里不起来。"

老太太听石善这么说,口气就软了下来,说:"那好,我答应,不过我有一个条件,做到了,你们就结婚。"

"什么条件?"

"上面有两座山峰,你们各站一边,如果伸手可以够到对方你们就结婚。"

这哪能够得着呀? 姑娘伤心地哭着,石善也伤心地哭了。这哭声惊动了从这经过的鲁班,他知道事情的经过以后,马上在两座山峰中间修了一座石桥,就这样,石善和姑娘两人在石桥上相会了。

听着听着,我和女朋友两个人都感动得情不自禁流下了热泪。是呀,石善和姑娘的爱情故事,不正是和我们一样的爱情故事吗? 我女朋友家的父亲是高官,有权有势,而我的父亲是个普通农民,两家地位悬殊。正因为门不当、户不对,她父母才会反对我们的结合,而且还专门为我的女朋友物色了一位家里和他们家门当户对的公子为对象,要我女朋友去相亲。在这万般无奈的情况下,我们俩只好选择了离家出走。我们早已以心相许:生不能成对,死也要成双。

听完导游讲的这个爱情故事后,我们受到了很大启发:石善和女子隔峰相望,不能牵手。鲁班在两峰中间修建了一座石桥,使他们得以在桥上相会。我们为什么就不能去寻找当代的"鲁班",也为我们架上这么一座相会之桥呢?

从野三坡归来之后,我们就多方打听,寻找能给我们架桥的"鲁班"。最后,经人指点,我们找到了妇联的有关领导,通过她们联合做我女朋友父母的思想工作。反复细致的说理工作,我们这对有情人才"终成眷属"。

为了感激风景名胜区野三坡传说故事对我们的启迪,几月之后,我们又一次双双来到了风景名胜区野三坡。在"红娘"野三坡这片风景如画的山水之中,开始了我们的蜜月旅行……

第三辑 西部览胜